GAEA

Gaea

護玄——著
拼圖
パズル。
案簿錄
肆

拼圖 案簿錄肆

目錄

人物介紹

虞因
大學生，有自然捲，髮色大多時間是褐色的(萬年染色款)。性格愛玩有點衝動，經常和同學出入夜店與夜遊，不過遇到正事時又很沉得住氣。有陰陽眼。
少荻聿
高中生，黑直髮紫色眼睛。皮膚白皙，有外國血統。因為家裡發生滅門慘劇受到很大打擊，變得不願/不能說話，但是個性細心，在語言方面很有才華。

虞夏
虞佟的雙生兄弟，阿因的二爸。警員，脾氣非常暴躁但辦事效率極佳，指著他叫小鬼必定會被揍。目前在刑事組任職，幾乎整年都在跑現場查案。
虞佟
阿因的父親。警員，黑髮娃娃臉（有著高中生般的面孔）脾氣非常溫和，擅長烹飪，因為曾經重大車禍關係所以視力衰弱。
嚴司
撈過界的法醫，暫時到本市警局支援法醫工作。興趣是遊玩人間，不過經常加班趕工沒得玩。

我殺了人。

不、不對，是那個人殺了人。

從那次之後，他的人生就開始變得很煩。

非常煩。

不管想要怎樣捂住耳朵、或視而不見，那些聲音絕對會在他耳邊響起。

一次一次、一遍一遍，不管如何都無法驅逐。

他無法忽視那些聲音。

□

「先生、先生你還好嗎？」

讓他從黑暗中清醒的，是略微低沉陌生的聲音。

冰冷、無助的迷霧一下散盡，然後，他看見的是白色的天空，以及有點熟悉的臉。

已經，很久很久沒有看過了。

他不知道應該做什麼反應，該激動拉著對方或是怎樣……

反覆思索之際，蹲在他身邊的人已經拉下自己身後的登山背包，翻出物品，先幫他做起簡單的檢視治療動作。

對方看起來很年輕，大學生般的面孔。

是的，他差不多應該也是這種年紀了。

「您摔倒嗎？似乎只是輕傷，能夠站起來嗎？」救助者放緩了語氣，一字一字清楚地說著：「我的隊友們在附近，可以先帶你下山。」

意識到對方的意思是在幾秒之後，他掙扎著抓住對方的手，支撐起身體，「不用……只是不小心摔倒。」不能再和其他人接觸，一切都已經夠糟了。

雖然感到有點疑惑，但是救助者什麼也沒有多問，就幫忙扶起他，確認他的確能夠自己行動，還好心地檢查了下他包裡的物品，「我會請下面的山友幫忙留意，這邊往下走大概二十分鐘左右會有一座山莊，如果眞的不舒服請一定要找老闆幫忙。」

看著對方將包裡的水和口糧放到自己的背包中，他點點頭，腦袋幾乎一片空白，無法思考太多。

陌生、卻又有點熟悉的男孩面孔。

他按著頭，覺得混亂。

應該是……說不定眞的是……對方應該也要認得他才對……

如果不是因爲眼前這個人，他說不定還無法掙脫出來，說不定再也脫離不了那個惡夢，就像以前那樣子，無數次地幫忙他。

「還會暈嗎？」露出淡淡的微笑，救助者友善地詢問著。

他搖搖頭，沉默地接過自己的背包，已經有點沉的重量是對方的好心。微微偏過頭，他看見對方的登山包上掛著姓名牌，果然和自己所知道的名字不同。

也或許，這不是他的眞名，有各種無限可能。

「那你自己小心點，我會先幫你和其他山友聯繫，有需要可以請人幫忙。」

動了動嘴，聲音從自己乾澀的喉嚨中溢出，「謝……謝謝。」

「不用客氣。」

聽見了其他人叫喊的聲音，救助者確認他可以自己穩穩站好後，說著他先去叫同伴過來，讓他在這裡等一下。

男孩離去之後，他轉過身，毫不猶豫地用最快速度離開原地。

他已經得到救助了。

1

我殺了人。

到現在我還不敢相信這是眞的，但是那些事情卻無比眞實。

我並沒有打算要殺死他們，可是他們卻都死了。

不，並不是我動的手，是那個人動的手，我什麼都沒有做。

但是沒有人相信我的話，我絕對沒有殺死他們，可是他們都被殺死了。

我只想要一個眞相，如果有人可以幫我找到眞相，就去那邊看看，因爲他們還在那裡，卻沒有人可以找到他們。

難道是我的幻覺嗎？

但是他們的確消失了，已經不在這個世界上，就算被列爲失蹤，但我還是知道他們已經死了，就死在我的面前，只是沒有人知道他們在哪裡。

如果你相信，就去尋找眞相。

這是，發生在過去的事情。

□

那天的天氣很燥熱。

從一大早開始，站在我面前的幾個大學生們情緒就已經很浮躁了，雖然早就說好要登山，但是到了集合地點之後，才發現很多狀況。

「芯香！妳穿那什麼鞋子啊！」

揹著登山包包的隊長指著班上最漂亮的女孩子，語氣不悅地說道。

燙著大波浪捲的女孩眨眨擦滿睫毛膏的大眼睛，疑惑地轉動一下腳踝，套在腳上的是名牌涼鞋，貼滿了流行的閃閃發亮裝飾，是昨天她的新男友買給她的禮物，「很漂亮吧，一雙要一萬五喔。」

「靠腰喔，去爬山穿什麼涼鞋，不是早就叫妳一定要穿登山鞋嗎！」站在一邊的高大男同學發出受不了的語氣。

「登山鞋很醜耶，出門就是要穿得美美的啊，那麼醜我才不要。」芯香哼了聲：「又不是什麼大不了的，只是走路上去啊。」

「反正到時候不要哀哀叫啦，博中，就直接出發吧。」籃球隊的高大學生朝隊長打了招呼，他叫作黃家銘，是這屆最被看好的球員，之前我工作結束後也被抓著跟他打過幾場鬥牛，個性很豪爽，還滿受女生歡迎，三不五時就看到球場邊有女學生在看他。

「我這邊有備用的平底鞋，不然等等走山路時借妳換吧。」說話的是隊伍裡另外一名女同學，楊采倩，性格很好，對所有人也都很照顧，相當多人喜歡她。

「不用啦，平底鞋醜死了。」芯香從自己的名牌包裡拿出另雙鞋，「我有帶另一雙。」看著那雙低跟鞋，站在我旁邊的劉律生趕在博中抓狂罵人前連忙打圓場，「算了啦，她覺得好走就行啦，再不出發時間就太晚了，快點走吧。」

「反正就不要抱怨啦！到時候腳爛掉沒人會幫妳！」家銘撂下狠話之後，就和隊長先走去做最後的入山準備了。

這個季節登山客很多，因為顧及有新手加入，大家選的並不是很難挑戰的山岳，而是滿適合大學生稍微可以深入一點的簡易程度，博中和家銘、采倩之前已來這邊爬過好幾次，頗為熟悉，中途也會有可以住宿的地方，只要算準時間銜接，應該不會有任何問題。

所以大家就決定給穿涼鞋的芯香一個小小的教訓，私底下都有默契不要幫她拿行李背包什麼的，要讓她就穿著涼鞋走完山路。

中途劉建生一度想幫忙，都讓博中攔下了，對於講不聽還會拖累人的女孩，他是打定主意要讓對方好好嚐嚐苦果。

入山之後，芯香很快就發現腳下的阻礙了。

「腳好痛喔、好難走喔，休息一下啦。」

「還要走多久啊，好熱喔、好麻煩喔……」

「早知道就不來了啦，還跟我說很好玩，一點都不好玩，累死了一直流汗，好多蚊子跟蟲……」

「還有多久啦……」

隨著時間拉長，抱怨聲也不斷傳來，幾個走在前面的同學臉色開始緊繃，就連我也一樣滿肚子火氣，剛開始還能夠欣賞風景的好心情也全都不見了，只剩下很想叫她閉嘴的想法。

一開始采倩還會安慰她快到達了，但是到後來也悶不吭聲，大家一個勁地悶頭向前走。

沒想到第一次跟同學來爬山就遇到這種窘境，我只感覺到低氣壓沉重地壓在所有人身上，偏偏造成這種狀況的女人還是白目地在那裡不斷抱怨，後來還發起了脾氣，開始生氣地嚷嚷著我們騙她上山、一切都是我們害的云云。

後來劉建生實在是受不了滿路的抱怨了，在所有人默認下去幫忙她拿了行李，采倩也讓她換了備用的平底鞋，勉強地再多走一些路。

不知道是不是人倒楣時就會更加倒楣，原本還算不錯的天氣竟然開始有點陰暗了。

「奇怪，氣象明明說不會下雨的。」

算了下路程，到預定好的住宿地約還有兩小時左右的路程，博中看了下天空，真的開始變得陰沉，早上的好天氣就像大家現在的心情一樣，整個驟變，山中也開始隱約起了小霧。

這對我們來說並不是好消息，尤其是已經有人抱怨連連的現在。

果然在博中把狀況告知所有人後，芯香第一個發難了，本來漂亮的面孔立時變得有點扭曲，「不管啦！我不走了啦！全部都是你們害的，說什麼爬山很有趣還對身體很好，全都是騙人的！早知道就不來了，鞋子也弄壞了，衣服包包也都弄髒了，你們要怎麼賠啊你們！」

我實在是很想賞她一巴掌。

別說是我，連個性比較照顧人的博中表情也很難看，如果不是采倩拉住家銘，恐怕他也早就發作了。

劉建生連忙想要去安撫芯香，但是她大小姐完全不賞臉，建生過去剛好首當其衝地被轟罵，到最後家銘終於受不了了，一把拉開采倩幾個箭步就上前，像堵牆站在芯香面前，「妳不走最好，就留在這裡啊，我們等等會幫妳打電話報案，妳就待在這邊等人來救妳下山。」

「好啊！你們全滾啦！這種鬼地方我才不想再走了！」扠著腰，芯香也憤怒地吼了回去，「莫名其妙！」

「好，妳就給我待在原地！」

我看著直接就站在原地不動的芯香，和真的繼續往前走的其他人，一時間也不知道該如何是好。

劉建生也很尷尬，不過顯然他也不想留著找罵挨，就跟著一起走了。

很快地，大家就消失在步道轉角之後。

「你也給我滾啊！」看著我，芯香吼了句：「你們全滾啦！最好發生山難死光光啦！騙人的都不會有好下場！去死啦！」

妳又何必這樣說話。

我實在是有點無奈，但是跟她也溝通不了，只好搖搖頭，重新跟上隊伍的腳步。

被留在身後的芯香很快就被山中霧氣給遮掩了，只剩下尖銳的叫罵聲還留在山裡——

「你們全部去死啦！」

□

「把芯香留在那邊沒關係嗎？」

花了點時間回到隊伍邊，正好趕上他們在步道下休息，先一步離開的劉建生還是不太確定地詢問著。

博中苦笑了下，「我們剛剛有打電話請救援了，也把座標設好，如果她不要亂走應該很快就會被協助下山了，這邊平常也滿多山友，我有請附近的山友幫忙，不至於會出意外。」

原來如此，這樣我就比較放心了。

想到她剛剛一直在那邊尖叫，就讓人頭痛，如果她可以安靜一點就好了，起碼不會這麼惹人厭。

到底把她拱在手心上的追求者們腦袋在想什麼，還眞是讓人好奇。

「不過看這個天色，反而是我們要加快腳步比較好，希望可以在時間內抵達民宿，如果下雨就眞的麻煩了。」讓所有人把背包做好防雨準備，博中催促著趕緊上路。

果然沒走出多遠，天空眞的開始降下細雨，山中漫起了灰白色的霧氣，幾乎與暗沉的雨雲融成一體。

雖然少了芯香，隊伍氣氛還是不太好，每個人都不想說話，大家都默默地穿上外套，頂著雨努力地穿過山霧。

即使人不在，可是那種低氣壓還是糾纏著每個人，連采倩都罕見地繃著臉不開口。

也不知道爲什麼，開始下雨沒多久，山區霧氣就濃到嚇人，有一度連腳下的步道都看不清楚，逼得博中不得不讓大家暫時停下來避雨，也怕我和劉建生不熟山路會踩空，所以幾次走走停停，天色也逐漸變暗了。

一直在計算時間的家銘臉色也變得越來越難看。

終於在再次停下後，家銘和博中兩人開始討論起路程時間不太對勁的問題，後來連采倩也跟著低聲詢問。

我和劉建生站在旁邊，聽到他們說可能走岔路了，霧太濃沒注意到之類的話，現在位置地標也都不對，得重新設定路程和時間才行，不然就只能在外面露宿了。只是這種狀況在外面露宿不太安全，眞的不行可能要盡快求救了。

劉建生看上去很緊張，他可能沒想到會遇到這種狀況，大概就和芯香想得差不多，爬山看風景，然後就一路打鬧玩回去之類的。他現在的表情比較像在後悔，應該早先跟著芯香在那邊等救助才對。

我倒是還好，對於山的狀況我也算了解，而且不是自己一個人，是好幾個人都在，大不了就是一起被救下山，也沒什麼好特別驚慌的。

因爲是預計兩天一夜的行程，所以大家的行李中多少有準備一些輕型的炊煮用具，博中幾個人多多少少也具備野外求生知識，暫時不太有問題。

想到這裡，我就沒有劉建生那麼緊張了，反而還有點興致勃勃地打量起山中雨景，已經好一陣子沒看過這種景色了，如果悠悠閒閒的其實這樣看著也還不錯。

時間近晚，山裡溫度降低很多，這讓霧氣更盛，有種隨時隨地包圍我們四周的奇異感。

這種連距離都分不清楚的感覺眞讓我有點懷念。

在這種時候，就算山裡出現什麼東西，好像也都不奇怪了。

博中幾個人的討論似乎有了結論，采倩攤開地圖招手讓我和劉建生過去，向我們說明現在的狀況，「我們應該是之前走錯位置，走到另一條線上，這條比較遠……可能要多花一點時間才能繞到民宿那邊……」

「不可以往回走嗎？」打斷了采倩的話，劉建生緊張地問：「直接走回去下山吧？」

「現在往回走要花更多時間，而且天色已經晚了，霧又這麼大，怕強回頭會危險。」看著逐漸黑暗的來路，博中表情有點嚴肅，「總之我們就先繞一下路吧，我們剛剛看地圖，可能附近也可以找到住家，大家都小心點彼此照應就不會有問題了。」

附近的住家嗎？

這種氣氛還眞像電影裡的恐怖片啊，不管是登山隊、迷路或是起霧，都很有那種感覺。

那時候就是想著覺得好笑而已。

所有人都不知道後來會發生那些事情。

□

「你會很累嗎？」

繼續摸索著黑暗的路往前走，采倩慢下速度走在我旁邊。

她一直是個好女孩，很久以前我就已經確定這點，不管是誰，她都非常照顧，就連我也一視同仁，所以大家都喜歡她。

「不會。」我搖搖頭。

劉建生看起來比我還累，雖然走在我前面，不過家銘也已經慢下腳步幫忙攙扶他了。

「沒想到氣候會突然這麼惡劣……雖然以前也遇過類似的，但是這次好像有點奇怪。」

采倩邊走邊小聲說道：「可能本來心情就不太好，才會有這種感覺吧，一直覺得很不順，連本來不會走錯的路都走錯了。」

看來芯香的事還是造成大家的壓力，連采倩都這樣了，更別說領隊的博中，我完全可以體會。

像是在嘲笑我們，在這時候，迷濛的山區居然開始微微飄下細雨。

「先到前面休息一下吧。」

出去探路的家銘從遠處向我們招手，「前面有房子。」

這也太剛好。

我突然覺得有點好笑，這不就是很典型的恐怖片嗎，在山裡發生各種事情，例如見鬼之類等等，沒想到自己也要遇到這種狀況了。

家銘領著大家往前走，幾個轉折下坡後，我們進到比較低窪的山谷區域，出現在那裡的，是個毫無人煙的房舍。

建築看起來有點破舊了，門窗都還在，只是沒掛在原本的框上，窗戶上也沒有玻璃，感覺很透風的樣子。

走近後，才看見大門旁擱著一塊木板，上面寫什麼也已經看不清楚了。

「之前好像有聽過這裡零星有些住戶，看來應該是以前遷走的吧，看這樣子不太像是民宿比較像住宅。」博中用手電筒前後照了一下，「看起來應該沒有野狗或是熊，應該可以將就一下，有牆壁起碼比露天好多了，看起來要收集生火材料也很容易。」

「我們打擾一晚就快離開吧。」采倩打開了手電筒，然後推開虛掩的大門。

一種難以形容的氣味從裡面傳來。

他們稍微走了圈，這房子其實並不算太大，大致看下來後決定在大廳打地鋪，大廳後面就是條露天的走廊和一條小花圃，再過去就是主人們用的浴室、廚房、倉庫和房間等等，剛好是一排四、五間的獨立加蓋房舍，最外面用籬笆圍著；看上去建料不太一樣，可以辨認加蓋建造時間也不一。

博中和家銘在外面收集了一些乾木料進來，然後清開了周圍的雜物，堆疊出一個可供照明和取暖的小火堆，然後找了些屋裡的杯、罐出來加工做成小燈火，搭配手電筒和露營燈互換就差不多足夠在這範圍內活動了。

「浴室似乎可以用，輪流吧。」博中在測試之後，發現浴室的水龍頭可以出水，不知道是接山泉水還是什麼，雖然量很少，不過開著放一陣子後，就從髒水慢慢變成比較乾淨的水了。雖然不能馬上拿來煮食，不過稍微洗個手腳還是很夠用的。

采倩收集部分飲用水和食物後，打開罐頭和麵條倒進小鍋子，放到架高的火堆上煮熱。

幾個空閒的人把大廳稍微整理一下，算是他們走運，當初這房子建造時屋主花了不少心血，把地板加工鋪石，所以沒長出太多植物，很容易就能清理開，在地板鋪上墊子和睡袋後，一行人輪流去浴室清洗。

我在博中回來之後就接力去了浴室。

山裡的晚上溫度很低。

拿著手電筒穿過黑暗的小花圃，我藉由微弱的手電筒光稍微打量了下後院周圍，地上還是很雜亂，花圃本來種植的植物也看不出來是什麼了，現在覆上一層砂石土塊後長出了很多雜草，多多少少可以察覺到裡面有些蟲在爬動，泥土上還有可疑的動物腳印。

冰涼的空氣中有種說不出來的怪異味道。

我順著小路走到後院的建築物走廊，走廊很明顯已經被掃過了，路過廚房時正好看見采倩不知道在裡面做什麼，可能是想看看還有沒有可用的物資，裡面也稍微被清潔過，看起來乾淨了點，一邊的架子上掛著用罐頭做出來的小燈火充當照明。

「浴室在旁邊，小心點。」采倩向我打了個招呼，就繼續自己手上的工作。

燈光照過去，我立即看見隔壁打開的浴室。

裡面空間頗大，有浴缸還有乾濕分離的沖澡間，不過因爲很久沒人使用，浴室的鏡子已經完全沾黏上一片灰土髒污，什麼也照不出來。

主要只打算清洗手腳，所以浴室整理得不如大廳乾淨。

我把手電筒掛在洗手台的黑色鏡面上，扭開水龍頭正打算隨便沖一下時，浴室的另一端突然傳來細小的聲音。

那是種很像人跑了很久之後停下來喘氣的聲音。

朝傳來聲音的地方轉過頭，我只看見沖澡間裡黑暗一片，早就卡上一層髒污的玻璃門完全看不出另一邊有什麼。

不知道爲什麼，覺得有點不太對勁，突然感到一股冷風從腳邊吹過去，我幾乎立刻決定不再逗留，一拔下手電筒，巨大的砰然聲猛地就從旁邊爆過來。

原本敞開的門整個摔上，我完全愣住，在黑暗空間裡瞬間不知道該怎麼辦。

我只感覺到有種詭異的聲音又從沖澡間傳來。

這次是細碎的說話聲，但是完全聽不清楚在講什麼。

過了幾秒，我才意識到應該要從這裡出去，連忙轉頭去拉門，這時看見了門後的牆角下有扇窗戶，隱隱約約好像可以看見人影。

也沒多想，拉開門後我正想逃出去時，猛然發現有人站在門口。

那瞬間，我看見的是巨大的黑色人影，正對著我、幾乎臉貼臉，卻沒有任何五官，完全就是個黑影。

幾乎是本能反應，我連退了好幾步，看見浴室的門再度在我眼前重重地摔上了，巨大的聲響迴盪在整個幽黑的空間之中。

接著，傳來一絲淡淡的血腥味。

我完全無法分辨那個味道是從門外或是從沖澡間傳來的，只覺得四處都有，接著突然想起來牆腳下的窗戶，急忙就去扳開已經生鏽得很嚴重的釦鎖。

一拉開我就覺得不對了，先傳來的是一種刺鼻的鐵鏽味，裡面是非常多的管線，以及一隻從上面垂下來的手臂。

慌亂中，我也沒有分辨那到底是誰的手臂，只記得自己立刻關上了小窗，接著才想起剛剛投射在上面的影了——管線中沒亮光，爲什麼會出現影子？

這個問題在窗戶關上的同時浮現出來，以致於我在二度看見窗戶上影子時，完全沒有心理準備。

黑色的影子猛然就出現在我面前，直到現在我才發現這個人影竟然是倒過來的。

我腦袋空白一片。

時間不知道過了多久。

我戰戰兢兢，滿腦子只想要快點離開這個詭異的地方。

那個倒過來的黑影不知道是直視著我或是背對著我，露出來的頭與肩膀幾乎已經貼在了玻璃上，我卻看不見清晰的紋路。

那條手臂是什麼？

我屏住呼吸往後退，然後抓住了門，就像溺水時抓住身邊所有東西一樣，力氣大得自己都感覺到隱隱的痛楚，然後我一點一點地扳開了沉重的門。就在我突然想到「剛剛門有這麼重嗎」的同時，門外再度出現黑色人影。

空氣凝結那瞬間，我突然看見了黑影腳上穿著異常眼熟的涼鞋。

那雙，聽說好像非常貴的鞋子。

尖叫聲縈繞在山谷中、腦袋中，於是我知道了，原來就是這個東西在作怪，它想對我們不利，就像以前一樣。

我伸出手，我掐住它，然後我聽見它在笑，黑色的影子上咧開了鮮紅色的嘴巴，從那裡傳出了沾滿血腥味的笑聲，這讓我完全感覺不到夜晚的冰冷，因爲從我骨子裡發出來的冷顫還要更冷。

黑影突然從我手中溜開，哈哈大笑著，門再度在我面前甩上，砰地一聲巨響，重新將我關在黑暗的狹小室內。

我必須告訴其他人。

對了，采倩還在隔壁，那東西一定會找上她。

我用力捶打門板，聲音大得讓我的頭都痛了起來，我還是一下一下、不斷地敲擊著，希望采倩可以注意到那個東西，它是來吞噬他們，要快點逃走。

但是門板文風不動，就算我大喊救命，似乎也無法引起外面任何人的注意。

救救他們！

手電筒閃爍了下，我回頭，猛然看見那個黑影就站在我身後，發出了嘶嘶的笑聲。

我再度掐住那個東西，用力地撞擊在沖澡間的玻璃上，砰地一聲，那東西又從我手中消失，微光黯淡，我什麼也看不見，沒有，到處都沒有，又不見了！於是我衝回門邊，看見了牆壁上的小窗再度被打開了一條細縫，蒼白細小的手臂從那裡面伸出，五根細長的手指扭曲，在充滿灰塵的地面上畫出一道道痕跡。

向後退開，我幾乎無法思考這是什麼狀況，然後緊閉的門突然發出喀答聲響，自己慢慢地打開了。

站在門後的是劉建生，他一臉緊張地看著我，我卻在這時好像從一場惡夢裡解脫出來，剛才所有的緊張、恐怖瞬間全部消散。

「你有看到采倩嗎？」劉建生神色慌張地問道：「我剛剛好像有聽到她的尖叫聲，但是廚房沒有人……你臉色怎麼這麼難看？」

我搖搖頭，從黑色空間中跌跌撞撞地走出來，想要離那裡越遠越好。

「裡面是什麼東西？」劉建生不解我的害怕從何而來，反而奇怪於我的驚慌失措。

不想回答他，我現在只想走，然後我也真的向走道跑開了，經過廚房時沒有看見采倩的影子，只有整理到一半的東西還放在檯面上。

我看見廚房深處站著那個黑影。

砰然一聲巨響，回過頭，劉建生消失在浴室門後。

然後，從那裡傳來了慘叫聲。

我抱著頭，從那裡逃走。

2

大多時候，事情都是發生在人們沒有預料的時候。

那天也是一如往常，就像他們所知的每一天。

一早就起床的黎子泓準備梳洗時，才想起來接下來有好幾天都不用進地檢署。

前不久遺失文件的懲處下來了，雖然說是懲處，不如說是自家上司強制性要他放假。從睜開眼睛的今天開始，整整一週不用回去上班，手上的案子也都暫時轉交給承接的同事。

意識到這件事的瞬間，他微微嘆了口氣，還是按照慣性日常打理，接著泡了茶水，從架上拿下之前買了還沒看的書，開始了早晨時間。

他的強制假不是單一原因，是累積起來的，扣掉幾次沒按照程序，爲檢察長和主任帶來些許……可能爲數不少的麻煩之外，就是近期加班加太凶，經常性在辦公室待到很晚、甚至趴在桌上睡一睡又繼續看卷宗，所以周圍多少開始有些微言。

想要盡快處理完手上的工作很好，但是他也給其他同事帶來了不少壓力。

坐在上司偌大辦公室的沙發中，關上門後，從大學時代開始到現在，一直都是自己老師的上司有點嘆息地告訴他，已經有些科室埋怨他工作超時太嚴重，連帶影響了其他想要正常工作和休息的同僚。

他只好解釋，那是他自願留下加班，和其他人並沒有關係，而且同事們也沒有因爲這件事情交惡。

老師便告訴他，有時候，人和人被比較才是問題點。即使他們都沒有那個意思，同僚之間都知道彼此辛苦，大多會盡力配合進度，也互相希望大家都能適當地休息放鬆。但是一些民眾、或是更上頭總是會覺得爲何其他人不和他一樣犧牲休息做更多。

現在的大環境下，很多老闆總希望能夠用最少的付出換來員工最大值的付給，即使是他們這種職業也難免，只要有一個做得太過多，就會被拉出來當作比較其他人的工具範例，長久惡性循環下，只會造成大家能休息的時間越來越少，精神和壓力越來越緊繃。

「這倒是眞的。」

上午八點多，把他約出來吃早餐的楊德丞邊聽這次休假理由，邊笑著跟他談：「我們以前有個學長，姓包的，好像在外科執業吧。聽說他剛畢業時成績很優秀，也很有熱忱，在醫院裡做得比誰都還要多，一天睡不到兩小時，包山包海還病患隨傳隨到，就算不到也一定要先找人過去看狀況，最後被同事陷害遭到開除；而且同科的也跟著叫好，因爲跟著他實在是太累了，還被當成理所當然，一些病患譽得這些都是應該的，所以也拿一樣的態度來要求其他醫療人員，甚至護士在幫忙其他人、晚到了點還會被病患家屬叫囂投訴，而他們完全不覺得有什麼不對。」

看著眼前的友人，黎子泓微微皺起眉。

「你自己也懂這個道理吧，有熱忱不是壞事，但有時候適可而止的休息會比較好，你們在工作上都太超過了，別逼著別人也得承受相同壓力，不得不跟著一樣拚命，長期下來不是好事；何況加班費又不會看你辛苦自動加成，現在的人莫名被扣一個責任制已經夠倒楣了，別再去搞個鐵人制出來。」攪拌著咖啡杯，楊德丞邊拿起旁邊豐富的三明治咬了口：「你和虞警官都太認眞了，阿司這陣子不是一直在抱怨會過勞死嗎，人力資源也就固定這些，攬太多事情想要快速解決完，搭配的其他人也只能跟著衝了。」

其實不只嚴司，合作的其他同事們多多少少也有叫他要休息就該休息。沉默地思考了下，黎子泓確定最近玖深他們那邊也經常加班，前陣子阿柳也唸過類似的事，還說玖深都睡到工作室地上去了，早上上班時常常踩到躺在地上的玖深，重點是還沒有踩醒，害阿柳以爲踩到屍體類的東西。

因爲公務預算一直刪減，各種資源與支援也一直沒什麼進展，人員不見得能擴編，上面丟下來的專案卻不斷增加，包括虞夏在內，團隊與各個基層都是硬擠出更多時間來承接和處理更多事情，其實就連他最近也眞的有點感到吃不消了。

但是只要一放手，追著的案子就很容易失去線索，這也是大家都知道的。

他並不想給其他人壓力，所以能帶走的他盡量都帶回家做，只是還是不夠，犯罪率上升的同時，也意味著不管再怎樣努力，那些待處理的案卷只會越疊越高；尤其現代人很容易因爲各種莫名其妙的事情出現糾紛訴訟，更增加不少工作量。

而刑案，不管死者、當事人或親友家屬，都希望得到答案，那種急切的心情難以忽視。

所以他只能搖搖頭，「還是無解。」他頂多就是再帶更多回家，盡量不要拖累到其他同事被說閒話。畢竟很多人都是有家室的，大家都是有血有肉的人，需要休息時間與和家人相處的時間，沒有人應該二十四小時全天候賣命，把自己拴在職位上不得離開。

就連他自己也不想這樣。

如果可以，黎子泓也很想正常休息，回家打電玩、看書，假日像以前學生時代一樣固定爬山、運動。

「那你就趁這次休假好好糜爛一下吧，去做做想做的。」看著快沒救的傢伙，楊德丞只好憐憫地拍拍對方的肩膀，「是說，你們檢察長強制休假怎麼會這麼奇怪，還不准你接觸任何工作上的事，難道你之前放假也都跑回去工作嗎？」

「不，那有別的理由。」黎子泓頓了下，沒有解釋這個真正強制假的主要原因，解釋了只會造成不必要的擔心。

沒繼續追問的楊德丞很適時地轉移話題：「對了，那你有打算要怎樣利用休假時間嗎？不會真的在家打電動打到爛掉吧。」糟糕，剛剛還叫他要糜爛，搞不好真的會這樣……他記得以前阿司曾講過有次放三天連假，這傢伙真的在宿舍整整打了三天電玩打到忘記吃飯。

「可能把之前放著的遊戲玩一玩吧。」這陣子加班加過頭，倒是有很多遊戲還沒玩。黎子泓認真思考是不是要趁連假，將該破的都破一破，這樣累積著已經有一大箱連拆都沒拆封過的，之前路過熟識的店家，老闆還專程跑出來問他心得和推薦新的遊戲呢。

想著老闆專程幫他搶到的國外限定精裝版，黎子泓覺得好像有點對不起老闆的熱血，老闆聽說他還沒玩時還露出點失望的表情。

「……你不考慮出去走走嗎？」還真的被他料中，楊德丞開始考慮要不要按時去探一下，避免有人打電動打到暴斃，這種身分被刊上新聞不太好看。

「阿司說最後一天是他的，可能會出去逛逛。」想了想，整整五、六天都在打電玩好像也不太好，黎子泓沉默幾秒，「或許會撥幾天去運動，很久沒找山友了，可以順便聊聊。」

「阿司沒放假喔？」楊德丞還以為那傢伙會說七天都他的，接著就把工作全扔給其他人，積假搬出來，包袱款款揚長而去跟著放大假。

黎子泓笑了一下。

知道這件事時，嚴司在電話另一邊大喊太陰險了，他這禮拜有四天要出去帶研習，回來後才有兩天假，根本搭不到時間，勉強就撿到最後一天而已。

至於電話背景音是其他人在大喊「不要把解剖刀拿來插桌子」的這種事情，他就沒告訴楊德丞了。

「反正你就趁這個機會好好休息吧。」楊德丞拍拍他的肩膀，笑笑地說，「我會幫你保留座位，肚子餓就來吃飯吧。」

「謝了。」

□

下午的時間。

警局前，如同平常般各種人潮來來往往。

「妳在這裡做什麼？」

「哇幹！靠北喔！哪來的青——呃……你好。」

在警局前躲躲藏藏的小海被後面的人嚇了一大跳，本能地想一拳揍過去時，才發現冒失的傢伙揍不得，接著連忙收起自己的拳頭。

看著平常都大搖大擺闖進去的女孩，想來打個招呼就回去放假的黎子泓微微挑起眉，有點不曉得女孩這次又是什麼花樣，「怎麼不進去？」

「老……呃、我只是路過、路過瞄一下……」不自在地咳了好幾聲，小海一反常態，有點結結巴巴地又看了眼警局的方向。

看了看女孩，黎子泓想想，轉向另一邊的茶館，「不趕時間的話，坐一下？」

「嗄？可以嗎？」眨眨眼睛，小海抓抓臉，「也、也好。」

於是，他們一前一後地進了那家平價消費的小茶館。

從落地窗看出去，也可以很清楚看見對街的警局正在忙碌。隨便點了個涼的，小海有點扭捏地揪著短褲一角，頻頻瞄著那個方向。

「妳和虞警官發生什麼事了嗎?」盯著女孩毛躁的動作半晌，黎子泓有點疑惑地開口。

「咳咳咳——」才剛喝了口飲料，小海馬上噴出來，接著慌慌張張地抽衛生紙，「靠靠靠——」

等對方急急忙忙擦乾淨之後，他才思考著或許不該問得這麼直接，畢竟他和眼前的女孩並不算熟，雖然見過幾次，但也僅止於互相認識與問候的禮貌階段，算起來，嚴司反而還和對方比較熟，經常交換什麼警局八卦情報之類的。

用力地喝乾飲料掩飾尷尬，小海瞪著眼前的檢察官半晌，終於決定豁出去了，匡地一聲重重放下手上的杯子，「老……我問你，老娘……我會不會素質很差!」

「嗯?什麼意思?」不太確定對方想問的是什麼，黎子泓打量了一下對座的女孩，除了打扮稍嫌清涼之外，整體外表沒什麼好挑剔的，是很受歡迎的女性類型，大眼睛、身材好，不化妝也好看、得天獨厚的面容。

「老……喔幹，我是說，我跟條杯杯……」

「我不介意妳本來的說話方式，妳可以不必特地矯正。」從剛開始他就留意到女孩講話不太自在，而且也沒什麼精神，與之前幾次見面時有些差異。

「不是因為你才改的啦。」垂下肩膀，小海嘆了口氣，「果然還是有氣質的女人跟警察比較速配吧，小太妹很落格，距離差人大了。」

沉默了幾秒，黎子泓大概知道對方在煩惱什麼了，「妳見過唐小姐了？」在墜樓案件過後，他碰巧看過一、兩次唐雨瑤到警局探訪，也都是找虞佟。

根據嚴司那個八卦嘴所言，兩人似乎也沒什麼，就是稍微有聊上一點，交集不算太多。套句某法醫的話，連沒眼睛的都看得出來又一個倒追警察，然後被倒追的又不自覺。

但是某法醫最後結論說得很毒，他的橫批是「姊弟外表傷人心」。

「沒直接碰面啦，之前在門口看過。」小海遠遠的就可以看得出來那個女人氣質很好，而且很漂亮，舉止很優雅，和她完全不一樣。重點是，虞佟和那個女的講話時，神情態度與和她講話時截然不同。

雖然不想承認，但小海自己多少看得出來，虞佟每次跟她講話時都有點無奈或好氣好笑。問了小弟，小弟跟她屁什麼那是男人的矜持，她就巴了那白目一頓。

與她相反，虞佟在和那女人說話時，態度很溫柔且客氣，兩人聊天時看起來很自在。

「唉……」果然還是要真正的女人比較配得上條杯杯啊。把下巴抵在桌上，小海看著眼前的男性，「我果然跨區跨太大了，條杯杯都嫌我煩了吧。」看看那女人，有腰有胸還有美貌，屁股看起來很大應該也很能生，舉止進退都是標準大家閨秀，那才真的是好老婆的對象啊。而且她也看過虞佟拿保溫鍋還給她，一看就知道女生是會下廚的，她實在是差太遠了。剁人她很在行，但是剁青菜就……就不如還是去剁人吧！

「我想，虞警官應該不太會介意。」身爲旁觀者的黎子泓長期觀察下來，反而跟嚴司有一樣的結論——被虞佟馴獸了。

在偵辦方面，眼前的女孩幾次下來眞的幫上不少大忙，而且從認識以來，暗地也做了不少事情。可能虞佟還沒注意到，但是每天手上都要經辦各種案件的黎子泓多多少少留意到，在女孩店家管轄區那邊的案件發生率銳減，就連鬥毆事件都整體下降，問了幾名員警，也說那裡私毒狀況都降低了，比其他區來得好管理。

也不知道幾次了，在員警們還找不到犯人時，透過特殊管道被找出來的犯人鼻青臉腫地給打包丟到警局；或是毫無進展的案件總是會獲得一些得以突破的情報。某方面來說，小海在警局其實很受歡迎，完全不動搖的強烈個人信念和正派豪氣作風，也結交了不少員警，就連鑑識組也都跟她認識。

比起微笑卻滿腹心機的人，黎子泓不得不承認，他也對女孩很有好印象，當然僅止一般欣賞範圍。

抱著腦袋，現在正陷入掙扎的小海瞪著大眼睛，可憐兮兮地整個人趴在桌上，「吼……

條杯杯如果幸福就應該恭喜他，但是心內好複雜啊——」

有點好笑地看著平常會咬人、現在卻很普通的女孩，黎子泓思考了下，開口：「要聊聊妳的想法嗎？」

「老娘……我的想法不重要啦……」

將自己還沒動過的飲料往前推給對方，他看著女孩，「我想，只是聊聊應該沒關係吧，我不會告訴虞警官，所以妳可以放心。」

抓過杯子，小海往後一躺，嘆了口氣，「也沒啥啦，條杯杯高興就好，我本來也就只是想看條杯杯高興而已。」

虞佟很特別，和她以往周遭男性完全不同，而且之前救過她，還非常能打，小海認爲對方是很特殊的存在，跟阿兄不太一樣，也比她家老子還要有擔當可靠、有氣魄，是第一個她尊敬到想盡全力討好的人。

所以只要可以跟在旁邊，小海就很愉快，要是可以幫上點什麼忙，會更想多做點。

也不是沒想過會有其他女人想要來搶肉。只是，這個實在是速配到可惡，自己和對方放在一起，簡直是鬥雞與鳳凰的比較。

就連小海自己都覺得，虞佟身邊的女性應該就是要這種的才對，所以這陣子才都沒踏進警局，只在外面看一看、巡一巡就走了。

因爲眞的喜歡，所以才知道應該要放手，對方値得更好的。

「安啦，我很會調適，過陣子就沒事了。」揮揮手，小海打起精神，「謝啦，我知道你在擔心，沒事，人生就是有起有落，過了這個坎，就萬事ＯＫ。」

「嗯，如果想聊聊，可以打電話給我。」拍拍女孩的頭，黎子泓淡淡地勾起唇。

「知啦，才不會打電話給那個大嘴司，靠北的被他耍了好幾次。」一開始還把嚴司當兄弟，結果後來才發現那渾蛋根本很會裝誠懇騙人，自己也上過不少當，現在發誓打死不跟他掏心掏肺講眞話，以免又被他亂整。

稍微又聊了一下閒事之後，他們是在傍晚左右離開飲料店。

「安怎了嗎？」

一出店家，小海看著旁邊突然停下腳步左右張望的黎子泓，疑惑地問。

搖搖頭，總覺得這陣子還是有人跟著自己的黎子泓說了聲沒事，「對了，我覺得妳還是保持原本的樣子比較好。」

「啥？」正要去牽愛車的小海歪著頭，一臉問號。

「除了髒話，我認爲妳原本比較好，不須要跟其他人比較。」頓了頓，黎子泓說道：「每個人都有獨特的特質，所以人才會不同，我認爲原本的妳很好，並不會素質差，不用特別想要把自己改成別人。」比起那些無可救藥的犯人，或是死不悔改的凶嫌，女孩太過坦率的性子反而是一種很難得的特點。

現在這樣的人已經不多了。

小海笑了出來，然後豪邁地拍拍對方肩膀，「感恩啦，你還眞是好傢伙，娶老婆時記得放帖子，老娘一定會包個大的給你。」

「謝謝。」也沒拒絕對方的好意，黎子泓目送心情似乎好了不少的女孩遠去。

自從來到這邊，他開始更加體認了形形色色的人都有自己的特質。

即使是生活在黑色區域的人，也擁有另外一種獨特的信念，不加以否認而試著接受，才能夠看到不同的生存之道。

小海與他們走的道路，其實並沒有太大的不同，他們都是走在自己所堅持的道上。

即使所在地不同，但是加以衡量的方式卻是相仿的。

他從白的地方看著，而她從黑的地方看著。

他們所制衡的，都是中間那條晦暗的灰。

□

「黎檢？」

回過頭，黎子泓看見了甫歸來的虞夏快步地迎了上來，「不是放假了嗎？」

今天一大早他過去時，才聽檢事說眼前的檢察官突然放假，原因也不告訴他，只知道所有案子都暫時轉到另一位檢察官手上，害得虞夏又浪費時間跑了一次程序。總算扣押了批有問題的東西之後，正想回來打報告，就看見應該放假的人出現在警局前。

「只是過來打個招呼，接下來一週就請你直接找顧檢了。」黎子泓有點抱歉地說著：「我有請她留意些事情，如果哪邊不方便你可以打電話給我，我再託請她多幫忙。」

「放心，我知道狀況。」剛剛才打過照面的虞夏點點頭，「顧檢說你有交代，不用想太多，該放假就好好去放假，休息時別擔心這邊，我們都會處理，休養好再回來，你也早該好好休個假了。」最近大家都太忙了，被蘇彰的事一搞，人人緊繃，尤其是負責追查的他們。

虞夏自己倒是無所謂，他跑案子跑習慣了，體力也鍛鍊得很好，倒是最近身邊幾個傢伙看起來都快死了，前兩天玖深還躺在地上給人踩，他都想把那傢伙拖去重新訓練體能了。

不過也的確，長時間這樣繃緊是會吃不消的，所以有得放假就趕快去放比較好。

他們都被蘇彰弄得太緊張，連帶地，手上其他案子也都繃得很緊，這不是什麼好現象，要是再這樣下去，遲早會累垮。

「你沒問題吧？」上午過去時，虞夏很明顯地感覺到氣氛不太對勁，雖然問不出原因，但是直覺就是跟眼前的友人相關。

「沒事。」黎子泓笑了笑，「沒什麼問題，必要的清查而已，有結果顧檢會告訴你。」

「上次蘇彰的事吧。」不用繞彎猜，虞夏大致也知道是哪樁。

沒說什麼，黎子泓看了眼警局，「葉警官應該適應得不錯吧？」

「是不錯啦。」簡單來說是不錯，但是虞夏覺得葉桓恩和上次那老頭有得拚，在督察室工作上嚴格到想打他一拳，下班後倒是很好講話，還會過來幫他們處理一些行政文件，是公私分得很開的人，目前和他哥相處得很好。今天貓狗也是寄放在他家讓虞因和聿帶著玩。

「身體狀況呢？」距葉桓恩加入也過一段時間了，黎子泓還不知道對方復元得怎樣。

「好很多，差不多快要可以跑跳了，不過他的體能很有問題，對打很弱啊！」難怪之前隨隨便便就被抓，虞夏就覺得奇怪，他交手的那幾個貨色都弱爆了，沒理由簡單被得手吧；結果一看資料，原來是葉桓恩自己正面攻防訓練成績也不怎樣……講白一點根本是很爛，爛到搞不好玖深或新來的小伍都可以五分鐘之內把他放倒，眞不知道教官是怎麼讓他過的，難道是教官已經不想再看到他，隨隨便便給他個及格成績混過去嗎？「只有射擊能力很強。」

和虞夏比，大概不管是誰都很弱吧。有點好笑地這樣想著，黎子泓大致了解狀況，「過幾天我可能會去爬山，出發前會再和顧檢聯繫，你們工作上也小心點，不要太勉強自己。」

挑起眉，虞夏斜了對方一眼，「你沒忘記我比你大吧？」正確來說，他連入行時間都還比眼前這個人長很多。

「沒有。」只是看著那張很像高中生的臉時，黎子泓總覺得應該多交代幾句比較好。

「那就少操心。」

□

晚間，他拜訪了虞家。

原本沒打算今天過來的，不過返家整理物品後，黎子泓才發現之前說好要借虞因的二代、三代遊戲忘記拿過去，所以就又跑了趟。

一打開門，虞因就看見拜訪者掛掉了手機。

「黎大哥？」有點訝異，他探出頭，沒看到嚴司，接著看到對方手上的軟體之後才想起來這回事，「不好意思，下次我自己過去拿就好了啦。」

視線往下，黎子泓看見那隻叫作小魚乾的黃金獵犬從他旁邊蹭過去，「沒關係，這幾天都沒事。」

「你剛剛在講電話啊？」注意到他的動作，虞因隨口問了句。

「沒有接通。」也不介意對方詢問，黎子泓很乾脆地回答：「東風似乎不想接電話。」

「東風喔……啊哈哈……」邀請客人先進門後，虞因邊慶幸還好今天有多買些點心回來，邊招呼著，「不用打給他啦。」

不解對方那句話的意思，黎子泓跟著進了玄關，走到客廳之後馬上明白了。

他剛剛電話沒接通的對象此刻就在虞家大廳，原本在廳裡的桌子已被移到角落邊，騰出很大一片空位，地上有幾盒千片的拼圖，東風正坐在地毯上打開其中一個盒子，把裡面的拼圖倒出來，一一翻到正面。

接著看見的是櫃子上的貓微微抬頭，然後又窩回去，完全不把下面的人放在眼裡。一邊的小魚乾靠了過來，黎子泓便順手摸了摸鼻過來的大狗。

事件過後，他們才知道原來小魚乾當初會跟上虞夏，其中一個原因是味道，警方和槍械特有的氣味。葉桓恩解釋，因爲小魚乾從小就在他們局裡進出，有時候也託給同事照顧，所以那個時候八成覺得虞夏就是同類，硬是巴了上去，等他找主人。

一切都是絕佳的巧合。

現在，小魚乾已經很習慣他們這群人了，包括黎子泓在內，連常來的嚴司與後來專程跑來找狗玩的玖深都被牠納入友好範圍，非常溫馴。

至於貓……貓還是高高在上地冷眼俯瞰人世間。

「我拜託東風幫忙拼圖，太多了有點麻煩。」端出茶水和點心，虞因在黎子泓坐下後放到了一旁，對方好奇看著地上的盒子時，他解釋道：「學生會幾個渾蛋，說什麼要幫忙關懷弱勢開個展會，但不知道腦子裝什麼東西，居然要開趣味拼圖展會和義賣活動，現在到處拜託人家幫忙拼拼圖，說越多越好，到時候展出才多樣化，眞想揍死他們。」根本是吃力不討好的工作，到底是誰提議又通過這種展會的，吃飽撐著嗎！

「我可以幫忙嗎？」勾起唇，黎子泓放下茶杯，也跟著坐到地毯上端詳那些盒子。

「太感謝了。」虞因連忙叩謝大恩，要知道這裡都是千片起跳的，還有兩千片、三千片等等，自己一個整個弄完可能會死得很難看，「小聿也拼了一半，剛剛才跑去做晚餐。」

跟著看過去，黎子泓果然看見客廳另一邊擺放著完成大半的拼圖，是很漂亮的風景畫。

「你坐到我要用的位置了，讓邊。」一旁沒吭聲的東風突然抬起頭，冷眼看著後來才冒出來的人。

連忙挪動位置，黎子泓看著對方又確定了一下盒蓋上的圖案，接著就把盒蓋丟到一邊，把所有倒出來的拼圖片放回底盒裡，就開始擺放。

不是拼，是擺放。

第一次看到他學弟玩拼圖的黎子泓也不知道這是什麼玩法。

一般人通常會先把拼圖分類好從邊框開始拼，但是東風顯然不是這麼做，他就是把拼圖片一個一個擺放在地上，拿到哪一片就放哪一片，連挑選都沒有。

「這是哪國的拼法啊。」正要拆盒的虞因也呆掉了。

完全不管另外兩人的目瞪口呆，東風繼續擺他的拼圖片。

很快地，散亂的拼圖開始出現了連結，一小區域一小區域地聯繫起來，接著連成更大區域，短短時間裡已經拼出部分圖案。

只覺得腦後爆出冷汗，虞因第一次看到有人這樣拼圖的……與其說是拼圖，不如說對方根本只是把圖片放到應該放的位置上，就好像他家地毯上有完成圖在指示他一樣。

到底是什麼妖魔鬼怪才用這種方式拼啊！

「……你可以講解一下你的手法原理給普通百姓聽嗎？」放下手邊的盒子，虞因不得不打斷一下似乎很專心的東風。

「什麼東西？」皺起眉，被打擾進度有點不悅的東風歪頭回問。

「你知道哪塊要放哪邊？」覺得自己根本撞鬼了，虞因看著地上已經有雛形的圖塊，「怎麼知道的啊！」

「這個拼圖的花色區塊很多樣，所以很好分辨。」指了指盒子，東風想了下，比劃著地毯，「拼完的大小大概是這樣，這種基礎拼圖每塊都有基本的固定尺寸，所以可以大致上知道位置，只要把正確的圖片放到正確的地方，不是這樣嗎？」

「不，完全不是，正常人根本不知道正確地方在哪裡吧！你是怎麼確定位置跟圖片的啊！」這根本不是撞鬼了！這根本是各種東西都撞了！虞因整個很震驚，接著馬上想起來對方剛才的動作，「不對，等等，你剛剛該不會是在記拼圖的花色吧！」哪有人這樣玩拼圖的啊！這是什麼外掛無雙的狀況？

有點不解對方過於誇張的驚愕表情，東風點點頭，「對照一下，就知道哪片該放哪裡了。」都說了花色很好辨認，這就大大增加了辨識的容易度，如果是空白的就行不通了，空白的有空白的拼法。

「我突然不想跟鬼講話了……」覺得自己正常人的心靈有點被打擊到，虞因抱著拼圖盒默默地蹲去角落。

搞不懂對方在失落什麼，東風哼了聲，繼續完成手上的作業。

旁邊的黎子泓雖然也對這種手法有點訝異，不過也沒虞因那麼大的反應，應該說對東風來講，這種回答似乎也不意外，他笑了笑，自己去找個空間幫忙處理這些東西了。

又過了一會兒，在廚房忙碌告一段落的聿就出來準備桌子放置晚餐了。

因為專心在拼圖上的東風強烈拒絕吃飯，怕幫手在這時候逃走的虞因也只好妥協，不過還是去泡了一大杯麥片放在對方旁邊，讓他可以慢慢喝。

聿準備的晚餐非常豐盛。

不是第一次在這邊吃飯，黎子泓當然很了解聿的手藝之好，大半時候，虞佟不在就是聿掌廚，很有大廚的架式；嚴司他們也都開玩笑說可以叫楊德丞開分店給聿照顧了，肯定不輸給專業廚師。

席間，聿偷瞄了好幾次東風的進度，顯然有點不太甘心對方的速度。

晚飯就這樣度過了。

□

他離開虞家時已經是深夜。

忙碌了一晚，他和虞因一起拼好一張，聿自己也拼好一張，其他的都被東風用異常詭異的速度給拼完。

一放下最後一塊拼圖，東風就啪答往地上一倒，正式宣告陣亡。

幫忙把東風揹上客房安置好後，黎子泓也結束了拜訪。

「黎大哥你真的不乾脆在這邊睡一晚喔？你可以睡我房間啊。」送人出來的虞因拍拍跟著跑出來的小魚乾，在庭院幫黎子泓打開大門，「反正二爸今晚不一定回來，我可以去睡他房間。」

「沒關係，時間還不太晚，我直接回去就行了。」半夜兩點多，對他來說的確不算晚。

黎子泓笑了下，「謝謝。」

「該謝謝的是我吧，今天真是被救了一命啊。」

看著眼前的大學生，黎子泓不知道爲什麼有點放心了。過去他和東風一直處於很難溝通的狀況裡，現在顯然有些改善，看來當初決定找虞因他們幫忙是對的。

打量著對方，虞因還是決定開口，他已經忍了一個晚上了，「黎大哥，你是不是有什麼事情？工作被刁難嗎？」不曉得爲什麼，他今晚從看到黎子泓那一刻就開始覺得怪怪的，但又說不上哪邊怪。說起來，今天二爸打雷話回來時，曾稍微提到對面的人會放一陣子假，早些時候小海也打電話來，說「你家朋友直夠義氣，老娘下次再來找你們」；更早一點，是他今天打電話問楊德丞要不要帶東西去給東風時，他提到要去和某檢察官吃飯。

這樣算起來，眼前的人今天一整天幾乎繞了圈認識的朋友群。

雖然假期不算短，但這樣好像四處在交代什麼事情似地，讓虞因直覺就是有哪裡怪。

沒預計虞因會突然這樣問，黎子泓愣了愣，然後搖搖頭，「沒什麼，例行程序而已。」

「是喔……」想了想，還是釐不清哪邊怪，虞因只好聳聳肩，「大概是我想太多了，抱歉。」

「沒什麼抱歉的，讓你們擔心了。」

小魚乾抓了兩下，突然整隻站起來搭到黎子泓後背，熱切地想要再多玩一會兒，然後被虞因連忙拉下來。

「那我就先回去了，東風就請你們多看顧些。」讓對方在門口止步，黎子泓這樣說。

「安啦，東風也是我朋友，照顧一下是應該的。」說到底，虞因也自覺被人家幫忙很多次，所以去監督個吃飯也沒什麼大不了。而且他還滿喜歡去的，看滿屋子的雕刻和圖紙實在是很有趣，幾乎每次去都可以看到新作品，眞是大開眼界，同時也學到不少東西。「黎大哥你要好好照顧自己才是，放假有空來我家玩電動啊！」

「我會再來拜訪的。」

離開虞家後，黎子泓坐在車上確定了虞因鎖好門帶著狗回到屋內，才發動自己的車輛。被整理得很好的房屋還點亮著燈火。

雖然沒有女主人，但虞家十分吸引人，他轉調到這裡時就發現了，不管是氣氛還是飯菜，這裡眞的是可以完全放鬆下來，好好吃飯、休息的空間，也難怪嚴司沒事也愛往這邊鑽了。有幾次和小孩們電動打過頭，他也會在這邊留宿，眞的讓人很輕鬆，一點負擔也沒有。

或許，東風也是被這點吸引，所以才會特別對虞因另眼相待吧。

對於能夠到這裡工作，認識現在身邊所有人，黎子泓打從心底認爲，眞是太好了。

他覺得能夠遇到這些人，眞的是太幸運了。

這就是所有人見到他的最後一天。

之後，黎子泓失蹤了。

3

「有消息了嗎？」

他們發現不對勁是在第七天，當嚴司回來之後被放鴿子又無法聯絡上人時，所有人才驚覺到可能出事了。

「我們問過了阿司提供的幾個山友，都說沒遇到他。」朝眼前的女性檢察官彙報著，虞夏搖搖頭，原本他們眞的以爲他去登山了，大家也都抱持著難得長假就得好好休息的想法，所以沒人打擾他，卻沒想到會發生事情。後來去了一趟住所，不但車子在，就連皮包、鑰匙和證件也都在房子裡，只有人不見了。同時也聯繫了一些他以前的大學同學，沒有任何消息。」

「這邊也都沒有收到任何申請通知，其他同事也都不知道他會去哪裡。」坐在辦公桌前，顧問縈有點頭痛地按著太陽穴，「黎檢平常下班後很少和我們一起去吃飯聚餐，所以我們對他的私生活知道的也有限，只能仰賴你們多方查詢，我們這邊也會繼續過濾是否有案件報復可能性。」

「……顧檢和黎檢下班後沒有其他來往嗎？」虞夏有點意外，不過仔細想想，黎子泓大多休息時間都被嚴司纏著到處跑，不然就是在他們家或自己家打電玩，的確沒怎麼聽說過他常參加同事聚會。不過這次黎子泓把手上負責的工作部分轉給眼前的女性代理，他還以爲是很熟的朋友才會如此放心。

「很少，老實說黎檢下班時間常常不固定，很難約得到，也經常跑外勤，所以扣掉公事，我們私下不能說很熟。」尷尬地笑了下，顧問縈咳了聲，有些不好意思地補充著：「黎檢很可靠，不過就算我們在工作上默契不錯，但私生活不想交流的話，一般也都不勉強的，畢竟電玩可以聊那麼深的也沒幾位。」

「也是。」想起來他們一開始和黎子泓熟起來，也是因爲對方搬電玩來他家，虞夏不得不點頭同意，「那麼我們繼續去追查下落，何仕俊的案子再請顧檢多方幫忙了。」

「放心，黎檢的請託我也會做好。」

離開了辦公室後，虞夏懷著各種複雜的心思直接去開車。

這兩天大家心情都不是很好，連虞因都開始在責怪自己最後那天覺得奇怪卻沒有多問兩句。

坐進了車內，虞夏有點無力地往後躺向椅子。

他沒有想到有一天會是黎子泓發生這種事。

應該說，很大機率是自己會被尋仇，嚴司那傢伙也會，甚至他哥的可能性都比較高，但是黎子泓幾乎都是公事公辦，下了班之後就不會再生其他事端，乖乖地窩在家中或是定點不動，所以他們一直都不覺得他會發生太嚴重狀況。

某方面來說，他的生活太規律了，這兩天問了嚴司和一些人，發現黎子泓簡直活得跟修行僧沒兩樣，酒色不沾不說，除了打電玩、跑步運動和爬山外，根本沒其他娛樂，就像剛剛顧問縈那邊一樣，一問之下，發現大家都說私生活沒什麼交集也沒娛樂聚會，扣掉個人休息時間，他所有時間全用在工作上了。

套句嚴司的形容，有沒有看過發條機器人，一轉下去就喀喀喀地往前走，然後停了就停了，接著再轉，還是一樣喀喀喀地往前走，幾乎沒太多變動。

也就是這樣，人一不見，他們反而不知道最有可能是去了哪裡。

嘆了口氣，虞夏發動了車子。

正要離開時，手機突然響起，他打開免持聽筒，立即傳來小伍很振奮的聲音——

「老大，找到了！」

□

匆匆趕回局裡，虞夏一路接了幾份檔案後，筆直地衝進辦公室。

這次搜索對外對內都是保密的，不知道爲什麼檢察長特別要求他們不准聲張，在沒有得到消息之前不可被外界知道，指定讓虞夏負責處理尋人工作。

因爲還有上次葉桓恩案子的後續處理，虞夏小隊也已經忙到腦漿快蒸發了，只能盡量多拉出幾個人分頭調查。

打開門，裡面是小伍和東風——一收到失蹤消息，東風立刻找上他請求調閱周邊所有監視畫面，所以虞夏讓電腦比較好的小伍負責和東風一起處理這部分。

抬起頭看了虞夏一眼，東風讓開了身，讓對方可以仔細看定格畫面。

「我學長最後一次出住所是三天前，之後就沒有再回去了。這點和嚴司那個渾蛋提供的三天前開始就沒收到簡訊回覆的消息一致。」移動了辦公椅，東風轉向旁邊另外一台螢幕，上面切割了許多錄影畫面，「可以很清楚地看出來似乎是有人臨時找他，我學長出門走得很匆促，接著他轉進了附近的巷子，就不見了，巷子那一區監視器是壞掉的。」

「里長說上個月被幾個臭小孩用石頭丟壞，還沒處理。」一旁的小伍連忙附帶說明，

「聽說是一群飆車小孩，把那一帶的監視器都砸掉了，公家與私人的加起來壞了幾十支，要花不少錢才能修。」說實話，就算不是被砸壞，本來就有一些監視器是裝飾用的，外表能看其實不能拍，這狀況也不只有單一處才有。

所以只拍到黎子泓最後去了那條巷子。

虞夏低下頭，看見桌面上的街道圖，有不少地方都標註了紅色叉叉記號，看來應該就是監視器毀損的地方。不只巷子，另一端連接的馬路監視器也是毀損的，看來飆車族還眞打壞不少東西，不過整條馬路上的記號斷斷續續的，可能重點位置有先搶修，但仍不足以讓他們追到人。

「男性，三、四十歲上下，將近一百八十公分，約八十五公斤。」

瞇起眼，虞夏側過臉，看見東風遞出了已經寫好的紙張，繼續向他說道：「外表上經濟狀況看似不算好，但手上可能握有點錢，不一定是實質現金，存款、房地產等等可以於固定時段取得金錢；特定花錢方式造成他不缺錢但是窮困的表象。我回追了三天前的監視畫面，發現學長連續幾天到附近的超商和一個男的碰面，但是剛剛和嚴司那渾蛋確認過，我學長周遭沒有那種樣子的朋友。」

「畫面已經送去給玖深學長他們處理了。」和對方綁了大半天看這些監視畫面，之前就知道他看監視的方式很可怕的小伍連忙補充道，「有幾個地方多少有拍到部分臉孔。」因爲東風要全心專注在監視器上，所以可拼湊的就先轉給玖深他們處理。

拍拍小伍的肩膀，虞夏轉回看螢幕，畫面上是東風調出來的追蹤畫面，在不同的三天內，黎子泓的確步行到附近幾家不同的超商和一名身分不明的男性碰面，而且在店外的露天座椅待了一點時間，還主動買飲料或食物給對方，看來那名男性似乎沒有攻擊性。

但是對方戴著棒球帽，始終壓低頭迴避監視器，無法取得清晰的面部特徵。

從畫面上看，該名男性穿著有點髒污的T恤和運動褲，腳上的登山靴也已經破損得很嚴重了，看起來經濟狀況的確不算好，連續幾天由黎子泓主動付費購買飲食也可以證明這點。

不過東風敲敲畫面上的靴子放大圖，顯然可見登山靴和運動褲是特定品牌，特別是鞋子還是限量款，不是一般經濟不好的人買得起的物品。

「通聯記錄呢？」

「對方避用手機。」已經看過記錄的東風把旁邊的資料夾遞過去，「我學長那三天接到不少公用電話，幾乎每一通的發話地點都不同，重複率很少，有幾次打完之後，我學長就去商店了，之後失蹤就再也沒有打過。當然我也要了所有使用過的公共電話周邊的監視器，還沒來。」

「嗯……小伍你等等再回超商和相關店家詢問值班人員，看看有沒有人對那個男的有印象；我過去玖深那邊一趟。」看了下手錶，虞夏思考著還得騰時間去找負責葉桓恩事件後續搜索的其他隊員，「東風要一起過去嗎？」

「晚一點我自己去找他們。」手邊還有不少待看的記錄，東風偏向一口氣看完所有監視畫面再繼續下一步，「這個先帶過去給他們存檔。」說著，他抽起壓在街道圖下的另外幾張地圖，上面同樣標註不少記號。雖然也可以用電腦做，但是電腦螢幕上的波紋變化跳動太頻繁，盯久了眼睛實在很容易痠澀和頭痛。

虞夏打開看了下，標註得很詳細，一份是這幾天黎子泓被拍到的路線標記，一份是男性出沒的路線標記，上面都有著手寫的日期時間和交會點。

「後面還會有幾張。」望著虞夏，東風這樣說道。

「謝謝。」

□

午間的時間。

阿柳抱著從女同事那邊拿回來的資料，正要回工作室時，一轉過頭就看到旁邊玻璃內側貼著張變形擠壓的臉。

「你在幹嘛？」挑起眉，阿柳看著工作室裡的傢伙鬼鬼祟祟地移出來，用某種微妙的表情打量他。

「你是不是有經手黎檢的案子。」瞇起有點疲澀的眼睛，玖深盯著對方手上的公文袋，很渴望地開口：「是朋友就交出來借看一下。」

「什麼啊，老大說了檢察長不讓我們碰，他們內部清查要公正，你幹嘛還不放棄啊。」把自己手上的公文袋往對方臉上一拍，阿柳沒好氣地看著同僚，「這是葉警官的案子啦，老大清查台中那個點，有一些分到小歡那邊做，剛剛去借了做好的來看。」

「唔……我好想接黎檢的案子！」把公文袋塞還給友人，玖深抱著頭衝回工作室。

「不要在外面大叫，不是說這些事要低調處理嗎。」跟著走進工作室，阿柳沒好氣地關上門，「東風那邊傳來的畫面處理得如何？」

「差不多了，正想打電話叫老大來看。」揉揉眼睛，玖深打了個哈欠，「身材跟年紀和他講的差不多……阿柳阿柳，你有沒有覺得鼓勵他去考鑑識的話，以後出來可能會很強喔！」看著畫面靠周邊環境物品就立刻目測出來目標物，眞是不簡單。

「你還是找個時間睡覺吧，說不定夢裡他會去考。」拍拍玖深的腦袋，阿柳盯著畫面上的男性，從不同角度也拼湊出來大致上的臉部面貌了，應該很快就可以找到這個人，「……小歡告訴我，黎檢的案子應該不會有大問題，本來這幾天就要結掉了，正在等程序跑完。」

「真的嗎！那太好了。」稍微鬆口氣，本來應該是值得高興的事情，但現在卻發生這樣的事，玖深隨即又愁眉苦臉了起來，「希望黎檢沒事。」

「也只能這樣希望了。」都已經過了三天，現在才開始找人實在是有點晚了。阿柳一轉頭，正好看見虞夏往這裡走來，邊走還邊看著手上的地圖。

「看起來是衝著黎檢來的沒錯。」踏進工作室後，虞夏把地圖丟給玖深，然後看著螢幕上已經處理過的各個畫面，「這個人赴約之前已經在黎檢住處附近繞了，每天都在周圍滯留很久，赴完約之後還是在附近沒有離開。」東風標出來的地圖上，屬於那名男子的線條一直在黎子泓的住處附近打轉，在超商見完面之後，又繼續在周圍繞著圈，三天以來都是上午就到，傍晚才離開。

如果沒有錯，這個人應該在更早之前就來了，東風那邊的監視器如果有更久之前的存檔記錄，可能可以查到對方跟蹤黎子泓的畫面，肯定已經有段時間，這種模式看起來，實在不像只跟了短短幾天。

「我們這邊差不多做出可用的面貌圖了，但可以發布出去嗎？」阿柳憂心忡忡地問。

「先讓我們自己人帶著去相關地域搜索，東風那邊應該快要查出那傢伙到底是從哪裡出發的。」按照那個調閱速度，只要其他監視器可以及時送過來又沒有關鍵點故障，很快就可以查出來了，虞夏按了按太陽穴，覺得有點疲累。

「……讓那個非相關的小孩子做這些事情好嗎？」阿柳比較擔心如果又被有心人掀出來會惹上不少麻煩。

「有事我負全責。」才不管會不會被外面或裡面的人扯後腿，虞夏只想趕快把自己人找回來，尤其是在這種人手嚴重不足的時候。

葉桓恩的對手出乎他們想像之外，他在台中的點不但找到了帳冊和名單，還找到一些原料交易記錄和些許照片。但是名單上有幾個人非常難動，局長和主任主管可能扛不下來，檢察官那邊也沒人敢在毫無其他有力證據的支持下接下這件案子，甚至在此同時，早就一樣找到另外兩個點的北部分局就這樣完全沒有音訊了，八成也是遭遇到同樣困難，或者被有心人士壓下來了。

該從哪裡下手？

現況是絕對無法強來，必須想辦法找突破口。

偏偏在這種時候黎子泓又出狀況，被強制放假就算了，現在人還失蹤。前不久連康哲昌都因爲沒有直接證據所以交保候傳，檢方提出抗告但仍維持原決議，他把所有事情都推得一乾二淨，不管哪個方面都有人幫他承認幫他扭曲，這讓他們的律師有了很大的反辯空間，而且連議會和法院內部都有人幫他一把。

比較年輕又是剛入隊不久的小伍被氣個半死，在那邊哇哇叫了半天，已經習慣這種事情的虞夏和其他隊員只是覺得無力，打起精神還是得繼續處理案子，努力再找更多證據。

在這個地方待久了，必須早早習慣惡人不一定會立即有惡報這種事情，有時候你明明知道是他，但卻看著對方在好幾審之後人事化小地被釋放、笑著離開，然後只能不斷問自己是不是哪裡失敗了、沒做到、該如何向受害者或家屬交代？拿什麼交代？爲什麼無法交代？接著又是一件案子被時間啃噬，被媒體和大眾遺忘。

不過學會習慣總比麻木好，習慣的人至少會再去追，而麻木的人已經學會關上檔案。

「老大，你這兩天有睡嗎？」看著臉色也不怎麼好看的虞夏，阿柳實在是很擔心身邊這票傢伙們，這些人不但蠟燭兩頭燒，還是用仙女棒那種方式在燒。「多多少少也睡一點吧，都幾歲的人了還這樣操。」

「我會自己找時間休息，不用擔心。」抬起頭，虞夏突然發現旁邊的玖深抓著地圖，用一種詭異的表情盯著他看，「……你要吃拳頭嗎？」

「沒沒……」連忙搖頭，玖深往後退好幾步，接著才小心翼翼地開口：「那個……黎檢的案子……顧檢有沒有說什麼？內部清查之後是不是……」

「她什麼都沒說，但是沒什麼大事，你專心做好現在這個吧，結果出來就會知道了。」

黎子泓對外是說放假，但是虞夏在第二天就從檢事官那邊打聽出來是因爲內部要清查，所以必須先離開一段時間，主要是蘇彰入侵到辦公室做了一堆莫名其妙的事情，不只盜走部分資料，隨後鑑識組更找到一些訊息，現在正在全力釐清。

因爲他們和黎子泓太熟了，所以是由別人負責，相關人也全被要求封口。

和女同事私交較好的阿柳則是在處理的第一天看見了部分資料，大致上就是從黎子泓那邊拿回來的幾個公文袋裡被蘇彰寫了「多謝幫忙」、「我會再過來」、「大家忙歸忙記得要休息」之類的字樣，另外似乎還找到些什麼，檢察長要求之後，女同事就不肯讓阿柳看了。

不過因爲黎子泓的操守如何大家都知道，蘇彰是故意要惡整他們的成分肯定百分之百，所以也就只是做必要性的清查，搞清楚那個傢伙從哪裡來、爲何要特別針對黎子泓做這些事情，以及他們有什麼關聯等等，比起來，虞夏比較擔心的是他會不會被蘇彰盯上。

黎子泓失蹤一事還沒傳來前，最擔心這件事的大概就是玖深了，去研習的嚴司反而不曉得，不過看來應該很快也會知道了——他們永遠不知道嚴司見鬼的管道有多少。

「有進展要跟我講喔。」還是放不下心的玖深巴巴地說著。

「囉嗦，快點去做你的工作！」

□

「因……阿因！」

猛地回過神，虞因看著眼前的玻璃，有三秒腦袋空白。

「你走路不看路啊，別像上次一太那樣去撞電線桿，他的腫包幾天才好。」從後面跑上來的阿方一把拍住他的肩膀，然後搭著人往旁邊轉，「奇怪了，不知道爲什麼，一太突然找我們。」他是在校外吃午餐時接到電話的，然後約了時間才趕來學校，否則今天他們是沒課的，他原本下午還約了人打球，現在也都推掉了。

一太找自己還算正常，不過連虞因一起找就有點奇怪，而且現在看虞因明顯有什麼事情，剛剛遠遠就發現他心不在焉了，近看整個人表情陰暗，看來一太主要找的應該是他吧。

「一太呢？」看到只有阿方來，虞因問道。

「等等外面飲料店碰面，他說在附近朋友家收個東西，好像是要給你的，我也不知道是什麼。」聳聳肩，阿方收回手，帶著人離開圖書館外圍，「小海最近好像心情也不是很好，問了幾次都問不出來，你們那邊有發生什麼事嗎？」

「咦？小海知道？」愣了一下，虞因以為黎子泓不見的事沒傳出去，虞夏告訴他目前事情是壓下來的，只有他們小隊知道，幾乎完全封鎖。

這個決定是檢察長下的，似乎發生了什麼問題，所以這件事根本沒外人曉得，只有核心幾個人知道並進行搜索。

虞因也覺得這種決定很怪，再進一步追問，虞夏就不肯多說了。

所以小海會知道，完全出乎虞因的意料之外，他不認為他大爸會告訴對方，而且最近這陣子小海好像也很少來他家。

「真的發生什麼事情嗎？很久了嗎？我看她已經不爽有陣子了耶，大概兩、三週了？或者更久，總之有段時間了。」會注意到是因為阿方看最近被小海揍過的人，鼻青臉腫的程度大概是以往的兩倍吧，他妹妹根本是在洩憤，但是不知道是為哪樁。

兩、三週？

看來他們講的是不同的事情。

虞因搖搖頭，「小海那邊的我不知道。」

他介意的是黎子泓來的那晚，他總覺得對方好像有什麼事情，有不對勁的地方，但是那天晚上他忙著自己的事沒有多加詢問……如果那天晚上多嘴、或是留他久一點，說不定可以改變什麼？

他們是最後見過黎子泓的人。

一想到這件事，虞因就完全無法釋懷。即使其他人都說與他無關，他還是覺得和自己有關係，那時候多留意就好了。

踏進飲料店後，果然看見一太已坐在那邊等他們了，而店員也剛好送上了三杯飲料。已經很習慣友人神祕地代點飲料，阿方見怪不怪地坐下，把其中一杯推給旁邊的虞因。

等到友人們都落坐後，一太才微笑著看向虞因，「你們那邊發生了什麼事？」

「黎大哥失蹤了。」摸著透出水珠的冰涼飲料杯，虞因也不打算繞話，很乾脆地直接說重點。

「……你說那個很認眞的檢察官大哥？」阿方挑起眉，有點意外，「被尋仇嗎？」

「還不知道詳細狀況，只知道有幾天了。」上午時東風發簡訊給他說正在警局，不過虞因到現在還沒收到進一步消息。

「我懂了，我會和小海先調查看看檯面下是不是有什麼動靜。」大致上知道友人爲什麼會特地找他，有些處理方式的確要找他們才行。阿方拿出手機正打算聯繫小海，一旁的一太突然制止他的動作。

「我覺得應該不是道上的。」隱隱約約覺得方向不太對，一太歪著頭想了一會兒，「似乎也和工作上的問題無關。」

「那你覺得是什麼？」阿方反射性就問。

「目前還不知道。」

有時候覺得友人的直覺好像在玩碟仙，沒接收到宇宙電波時，不給個關鍵字就沒有指向，阿方有點抱歉地看向虞因，「有其他的線索嗎？」

「黎大哥本來預定要去爬山的，但是他登山那邊的朋友都說沒遇到人，黎大哥也沒跟他們聯絡，他們上週好像是要去什麼古道的地方……」一發現找不到人，嚴司就把他知道的範圍都問過了，結果仍然是無。

「不是那邊。」一太搖搖頭，「我覺得不是那種方向。」

「還在平地嗎？」阿方立刻追加選項。

「平地的感覺比較強烈。」從自己的背包裡翻出一只牛皮紙袋，一太將紙袋推過去給虞因，「這個給你吧，雖然不知道有沒有用處，總之之前在朋友那邊看見時，就覺得應該拿給你呢，好不容易請對方整理好，剛剛才發過來。」

稍微打開看了下，裡面是幾張紙，也不知道有沒有關係，虞因還是收下了，畢竟一太會主動約他們出來，應該不會給他增加回收重量的紙張。

「我想，這次的事情小海和阿方幫不上忙，可能連我也插不上手，不過關於這份資料的事情，你看完後有疑問，裡面我附上了朋友的聯絡方式，你可以和他談談。」

順著話，虞因拿出了裡面的名片，上面寫著東部餐廳，也不知道有什麼關係。

盯著上面的字樣，阿方疑惑地皺起眉，「等等，你之前去東部跟這個有關係嗎？」他記得前陣子一太突然跑出去，過了幾天又回來，什麼事都沒說。當時他們正在找虞因，忙得團團轉，沒想到現在變成要找檢察官，這群人還眞是容易消失。

「或許有吧，那時候覺得時間還沒到，而且也不是我能插手的事，所以無法順利處理，或許現在差不多了。」勾起淡淡的笑，一太看向對坐的人，「那麼，基本上就是這樣了。」

送走了很沮喪的虞因之後，阿方看了眼那杯沒動過的飲料，然後微微皺起眉轉向友人，「爲什麼我和小海不能幫忙？」

「剛剛也說過了，那不是我能插手的事；當然你們也一樣，我覺得這次我們不太適合跟著去。」笑了笑，一太聳聳肩，「何況我們也還有別的事情要做，如果顧及那邊，就會變成這邊的事情沒有結果，反而會變糟。」

盯著一太半晌，阿方有點感慨地說道：「有時候，我覺得你眞的滿恐怖的耶。」不管在哪方面都很奇妙啊！

「會嗎？」回以不變的微笑，一太給了對方差點把茶噴出來的話語：「習慣就好。」

「喂喂喂……」

最好是會習慣啦！

□

離開了飲料店後，虞因走了有段距離才想起忘記付飲料錢。

拿起手機想要打過去道歉時，才發現一太也發了簡訊過來，上面很簡單地來了句「沒關係，下次你再回請吧」。

不知道該怎麼形容現在各種複雜的心情，虞因苦笑著回了感謝的簡訊，然後有點無力地靠在一旁的圍牆邊，下意識地看著其他訊息，聿也傳了簡訊給他，大致上就是晚一點才會從方苡薰那邊出來，會自己回家不用擔心。

心裡覺得不舒服的不是只有他一個，當天在場的聿為什麼會去找滕祈和方苡薰，他不用想也知道。

「我在搞什麼啊。」明明就想要做點什麼，卻連就在眼前的事都沒發現。

有點沮喪地抓抓腦袋，虞因嘆了口氣，隨手拿出剛剛一太給他的紙袋，是一些剪報的列印紙張，看起來不像是報紙或社會新聞，比較像是短故事和自辦雜誌刊登什麼的。

稍微看了下，是一些山區靈異事件，那種網路上一搜就會搜到一大堆的，沒什麼特別的地方。虞因在網路上也看過不少，從小到大，他周遭那些有病的損友們知道他多少看得見後，常常會弄一些有的沒的給他看還要求鑑定；很多都是杜撰的，就像大部分的鬼屋也都是人云亦云，原本的空屋在加油添醋之後也會變成猛鬼屋。

打算回家再好好看過，他小心翼翼地將紙張放回包包裡，正想回去等消息時，猛然瞥見有黑影從自己右後方閃過。

回過頭，虞因什麼也沒看見。

這段時間直擊各式各樣的狀況太多了，他現在整個很淡然，估計又是新一個不知從哪冒出來要伸冤的仁兄或大姊，但是現在實在沒什麼心情，心裡擔心的事大於去找那個黑影的想法，所以虞因也沒去思考那是什麼，直接往自己停車的方向走去。

就在轉過巷子時，後面突然有個東西重重地撞上來。

還沒搞清楚狀況，被撞得往前一個踉蹌的虞因隨即被後方的東西拽住按到旁邊牆上，才剛意識過來那是個人，刀面就貼到他的脖子上。

「我先告訴你，這次的事和我無關。」

帶著熟悉的戲謔語氣從後頭傳來，虞因立刻想回頭，但馬上被擋住，銳利的刀鋒抵著，他也沒辦法朝外大叫引起注意，「你到底想幹什麼！」

「只是路過，順便撇清一下關係和警告。」

後頭輕鬆的語氣讓虞因火大了起來，「要殺就殺，不要在那邊廢話，不殺就快走開！」

「說過了，沒打算殺你，雖然已經確定過不是，但你還是感謝你剛好在範圍中吧，否則按照你前幾次的表現，照理來說應該已經變成屍體了。」

「什麼意思？」對於這個問題，幾次下來虞因已經搞不清楚這傢伙究竟在幹什麼，他不懂所謂不殺的理由，「什麼範圍裡？」

「我看過你的資料，你是父母親生的沒錯吧，那就不是我要找的人，在我不動手的範圍，即使如此，你最好也不要眞的惹到我發火破例，不會永遠都有下一次機會；再多來幾次，總有一天你會連你怎麼死的都不知道。」

「什……」

話還沒問完，虞因只感覺到小腿後被人一踹，整個摔倒在地，狼狽地爬起來時，剛剛襲擊他的人已經消失得無影無蹤了。

摸了一下脖子，被劃出了淺淺的傷痕，手上有點血，但並不嚴重。

「渾蛋。」

4

他在一片冰冷的黑暗中昏昏沉沉地睜開眼睛。

不太清楚已經過多久了，只記得每次睜開眼睛時，感覺到的是冷，以及頭部斷斷續續鈍重的痛感，這讓他沒有辦法清楚分辨周遭狀況與像平常一樣思考。

但是，還活著。

不記得自己爲什麼會在這裡，他最後殘存的印象，好像是看完某個傢伙傳來的超長無聊簡訊後，正打算出去走走，那時接到了一通電話，因爲有點緊急，所以走得很匆促，剛出門馬上想起忘記帶鑰匙，還想著要請警衛幫忙找鎖匠……後面的就不記得了。

對了，那時候很緊急想幫忙。

注意到他的動作，旁邊的人連忙靠了過來，黑暗中看不清對方的模樣，只知道他們處在一個空間很小的地方，小到他一伸直腳就碰到另一邊牆壁。

「噓……噓，他們還在外面。」坐著的人阻止他起身的動作，然後摸了摸他的頭，放了一個冰涼的東西上來，讓他的不適感稍微減少了些，「放心……這裡很安全……他們不會知道我們在這邊……」

勉強地動了動，卻一點力氣也沒有，更多的暈眩試圖讓他再回到黑暗昏睡當中……不知道現在是什麼時候了，還有很多事情要辦完，其他人的事、約定，他必須回去才行；不能讓工作白費，還有得繼續處理其他中斷的各種……

所以，他用力眨眨眼，終於慢慢看見一點亮光，線條般的光出現在他眼前，距離不算太遠，從那裡傳來低溫的空氣，以及某種怪異的腳步聲。

然後，光亮突然被遮住，坐在旁邊的人擋住了他的視線，拿下他頭上冰涼的東西……原來，那是一瓶水。

迷迷糊糊地被餵了水和一些不知是什麼的東西，吃進口中的物體完全沒有味道，只知道有點黏稠糊糊的，混著水一起沖進喉嚨裡，接著是一陣反胃，把那些東西給逼出來，胃部和食道傳來刺痛熱辣的感覺。

反覆地又被餵進一樣的東西，吐出來之後被清理乾淨，然後再度重複一樣的動作，直到對方滿意後才停下來。

他覺得很疲倦，好不容易凝聚起來的意識又即將渙散。

對方將某種有點重量的東西蓋到他身上，並仔細地拉好，那像是大衣般的東西，可是卻一點也感覺不到暖意，他依舊覺得很冷，但連哆嗦的力氣都沒有。

「沒關係，你好好睡，我會看著，他們找不到，我會保護你。」

「我們會沒事的，只要躲過就好了。」

「他們絕對找不到的。」

「沒錯，絕對不會再出現。」

「就像以前一樣，沒關係。」

聽著細語，他微微呼了口氣，無法再思考更多事情。

在那個人移開身體之後，他再度看見了光，那似乎是門縫吧？稍微有點高度，比一般的門縫還要高一些。

然後他看見在光的那端出現了一雙紅色眼睛，眼白的部分完全是暗紅色的血絲，以及覆上一層混濁薄膜的眼瞳，就這樣對上他的視線。

他注意到那雙眼睛是倒過來的。

但是他無法思考那代表什麼意義。

□

他猛然睜開眼。

虞因掀開身上的被子，立刻往客廳的落地窗外看，黑色的影子瞬間消失在黑暗之中，窗簾在無風的室內被掀得不斷飛舞。

「你醒了要不要到樓上睡呢？」

轉過頭，他看見虞佟正好從樓梯上走下來，「不要跟你二爸一樣常常睡在沙發上，這樣對身體不好。」

揉揉眼睛，虞因一時還反應不過來，幾秒之後才想起自己回家之後，因爲聿還沒回來，乾脆就自己隨便吃點東西，在客廳看起了一太給他的那些資料，大概是看到不知不覺睡著了。「大爸你什麼時候回來的？」

「剛到，東風在上面睡覺，如果醒了，你記得弄點東西給他吃，我還得趕回去。」只是回來整理點東西的虞佟看了桌上的紙張一眼，「你又想做什麼奇怪的事嗎？」

「沒、沒有啦，這是同學給的，想說吃飯時打發時間。」虞因連忙將那些資料收了收。

「……你認爲這樣的說法我會信嗎？」勾起微笑，這下子虞佟是眞的走過去向他伸出手，「可以借我看看嗎。」

後面那句很明顯不是疑問句，虞因一邊在心裡大罵自己腦殘，一邊乖乖地把東西交出去，「找到黎大哥了嗎？」

「已經鎖定嫌犯，夏派人前往跟監，我暫時會幫他支援另外一邊的案子，所以你和聿乖乖的不要亂跑，別又讓我們擔心。」大略看完手上的資料，虞佟將紙張還給自家小孩，「東風也非常累了，你讓他好好睡一覺，別帶著他去做奇怪的事情。」

「我又沒有帶他去做奇怪的事情。」虞因一秒反駁。

「沒有嗎？」虞佟加深了笑容。

「可能有，點點……」好吧是有，但那也是他自己自願幫忙的啊。雖然是這樣，不過虞因也只敢在心裡嘀咕，「如果有黎大哥的消息要跟我說喔。」

並沒有立即點頭，虞佟思考了下，開口：「有些事情該發生就會發生，別硬將那些當作自己的錯硬攬在身上，好嗎？」

「我不是……」停下本能想反駁的話，虞因頓了幾秒，沮喪地抓抓頭，「我只是覺得，如果那時候有多留意一點就好了，但是那天我滿腦子都在想學校的拼圖，還讓黎大哥幫忙到那麼晚，說不定是那個時候被跟蹤的……」他越想就越覺得有可能，所以更想多做點什麼。

「你會覺得黎檢怪怪的跟這件事沒有關係，他也有他自己工作上的問題，就像我和你二爸也會煩惱案件、長官等等……之類的，不要想太多，他被跟蹤的時間比你想的還要早很多，也不是你想的那樣子。」拍拍孩子的頭，虞佟看了下時間，「那我先回局裡，如果你想問相關的事情就問東風沒關係，不要自己亂想。」

「嗯。」

可能是真的趕時間，虞佟沒有像平常一樣對他進行逼供，稍微收拾了些簡便的衣物行李，匆匆交代了幾句後就出門了。

覺得有點逃過一劫的虞因在關上大門回頭進屋後，就看到不知啥時被塞進他家的東風歪歪斜斜地從樓上走下來，臉色很難看，走沒兩步就一臉快要從樓梯摔下來的樣子。

「你還好吧？」快步過去把人拽下來，虞因半拖著他到客廳坐下。

按著發痛的腦袋，東風甩甩頭，「我睡多久……幾點了？」

「快十點了。」抬頭看了下時鐘，聽見玄關傳來聲音，偏頭，虞因看見正好回家的聿，

「你要再上去睡一下嗎？」

「不用。」等一波悶痛過後，東風才注意到自己被移位，已經不是在警局裡了，估計是整理地圖和統整嫌犯固定活動狀況時失去意識被送過來的，最後看時鐘時是八點半左右，看來應該沒有浪費太多時間。

放下背包，聿從廚房端著溫牛奶出來，然後在一旁蹲下，很仔細地端詳東風的樣子，接著又起身走回去。

「我大爸說已經鎖定嫌犯在跟監了，你就先休息一下，不然當心會暴斃。」按著人在沙發上坐好，虞因把牛奶塞到對方手上，這次意外地沒有被罵也沒有被拒絕，東風接過後，慢慢地喝著，然後視線落在桌上的那些資料。

伸出手，東風撥了撥那幾張紙，看了幾眼之後微微皺起眉，「網路印的？」

「呃，同學給的，怎麼了嗎？」拿起一太給的那些紙，虞因一張張攤開，再度從廚房裡端出粥水的聿把碗放到桌邊，也跟著看起那些資料。

如同稍早看的，全都是一些網路上可以搜到的靈異故事。

回家後虞因也仔細看過了，大半都是在講同一件事，不過講法不太一樣，有的被網友加油添醋了，有的直接整個變成不同內容，只有部分關鍵字或關鍵劇情還留著。網路上的事都是這樣，任憑喜好胡亂編造的不少。

比較起來，另外有幾張看起來是從期刊或報章上前下來複印的，似乎就有點時間了。

「這張應該才是最接近原本的吧。」

原本以為東風在和自己講話，不過當虞因一抬頭、正想回話時，才發現他是在和聿說話，兩人正在看同一張紙，聿似乎也認同對方的話，點了頭。

接過那張紙，虞因訝異這張紙還有點長，看起來好像是什麼創作期刊投稿的樣子，是當期的推薦恐怖故事。

「我殺了人……」

□

我不知道應該如何向其他人說這件事。

雖說是其他人，大廳那邊應該也只剩下家銘和博中吧，他們是絕對不會相信有這種事情的，我也提不起勇氣回去確認劉建生和采倩究竟發生了什麼事。

跌跌撞撞地走過寂靜的花園，我好不容易回到大廳。

接著，采倩出現在我面前。

「你怎麼洗這麼久？」采倩就好像什麼事也沒發生過一樣，微笑地看著我。

然後，我看見劉建生也在大廳裡，旁邊還有家銘、博中，他們有說有笑的，不知道在講什麼。

「你站在那裡幹嘛？快點來吃飯吧，吃飽早點睡。」博中這樣向我招著手說道：「明天還要折很遠回去，別浪費精神了。」

「對啊，快點吃飯吧。」采倩走過來，笑笑地拉住我的手。

說不定，剛剛的事只是一場幻覺，采倩早就準備好回到大廳，劉建生也沒有去浴室找我，其實是我自己神經過敏。

這樣一想，讓我鬆了口氣，不自覺地整個放鬆下來，直到我看見了采倩的腳。

她穿著那雙涼鞋。

猛一抬頭，劉建生已不在大廳裡，似乎沒察覺到異樣的博中和家銘仍然有說有笑。

「你怎麼了？」采倩微笑地看著我，但現在我卻覺得她的笑容非常詭異，一種無法形容的氣味從她身上傳來，幾乎就像是剛剛浴室裡的那股味道。似乎根本沒看到我驚恐的表情，她伸出手，摸上我的臉，然後再度張開嘴巴：「以爲……還活著嗎？你們都該下地獄的……一起在這邊死吧。」

瞬間，我腦袋一片空白。

我完全感覺不到其他事情，像是被按下了停止鍵，那一秒，所有事物都與我無關，我也記不清楚發生了什麼事。

等我恢復意識之後，已經重新站在浴室外，空氣是冰冷的，周圍是完全的黑暗，連一點亮光也沒有。

我的手上有某種黏膩的液體。

一點光亮滾到我腳邊，那是手電筒，帶著微弱的光，照出落在地上的一隻涼鞋，還有一大片血跡。

機械式地轉過頭，我看見黑色影子就站在走廊那一端，像是嘲笑般，從那邊和我對視。

在我們之間，亮起黯淡微光的廚房中踉踉蹌蹌地走出了人，不是采倩，而是博中，他看起來非常恐怖，右手朝不自然的反方向折去，滿臉的血。他看見我的時候，表情整個扭曲，好像看見什麼惡鬼，接著用力地發出嘶吼：「快逃……」

我看見黑影已經站在他身後。

喀答一聲，紅色血液飛濺到我臉上。

我從倒下的博中身邊逃開，比起什麼抵抗拯救，我只想要活著離開這邊。

黑暗、還是一樣黑暗的花園，我匆匆地踏過了那些乾枯的雜草，聽見了尖銳的聲音從身後傳來，還有被關在浴室中的男性慘叫聲，那些混合成絕對不能回頭的理由。

然後我繼續逃。

衝回大廳時，我看見家銘橫躺在行李旁，采倩用一種極度奇怪的姿勢背對著我，雙手掌心貼地蹲趴在他身邊。

幾乎完全屏住呼吸，我戰戰兢兢地繞過他們，連行李也不敢拿就退到了大門邊，我現在只想離開這裡，離開這些人，不管他們會如何，我都不想再繼續待下去。

打開門的瞬間，我看見劉建生站在外面。

「你要去哪裡？」

他微笑，血從他的額頭蜿蜒而下。

我發出了慘叫，往後一退撞上了人。恍惚間，也忘記了後面有什麼，猛一轉頭，突然看見家銘站在我後面，似乎被嚇了一大跳的樣子。

「你怎麼了？」

我瞠大眼，無法回答。家銘身後是所有人，他們似乎沒有發生過任何事，坐在一起有說有笑地喝著茶，就連劉建生也在那裡。

這是一場惡夢。

這絕對是一場惡夢。

大門之外什麼也沒有，所有人都在那裡，我無法承受地蹲下身，只覺得噁心感不斷湧上，腦部無限暈眩與疼痛，整個人都在發抖。

到底是什麼東西？

如果是作夢，爲什麼不會醒？

和我在一起的人安全嗎？

對了，爲什麼剛剛和我在一起的人不見了？

我緩緩抬起頭，家銘依舊站在我面前，沒有消失，但越過他的腳側，其他人不見了。

無意識地繼續向上看，他們沒有不見，采倩、博中、劉建生全部都在，他們倒掛在天花板上，頭下腳上地一起看著我，蒼白的手臂無力地垂掛下來，在空氣中晃盪著……

我再度失去意識。

清醒時，四周是完全的寂靜。

有條蜈蚣從我的手背上爬過，我搖搖晃晃地坐起身，茫然地看著四周。

在我面前的依舊是那扇黑色的門，半開的門裡躺著被黑暗吞噬的人，在我手上、腳上都是紅色黏膩的血液，穿著涼鞋的女性躺在廚房前，在我旁邊的是另一個橫躺的人，四肢扭曲，面部朝下。

幾乎沒有知覺地站起身，我跨過了那些軀體，一步步走回大廳，大廳裡還橫躺著個人，越過他，我走出大門。

冰冷的空氣唰地颳遍全身。

「你跑去外面幹嘛啊？」屋裡傳來笑聲。

緩慢地回過頭，我看見所有人嘻嘻哈哈地在裡面看我，他們圍成一圈，正在玩撲克牌，吃完的食物空盒就放在一邊。

到底哪邊是眞實？

我的感覺似乎有一部分麻木了，這些事用很詭異的方式在進行著，我卻突然好像變成觀眾，只是坐在位子上看著螢幕，這裡的人、時間都與我不相關。

走出大門，我關上它，那瞬間，所有一切都安靜下來。

最後，我果然逃不出這個地方。

在我面前的是那扇浴室的門，廚房就在隔壁，從那裡透出搖曳黯淡的燈光，倒映在地上的是女人細心準備物品的身影。

我一定是瘋了，所以才逃不出這裡。

或者我眞的瘋了，才分辨不出這些到底是眞的或假的。

我所站的地面上全都是鮮血，後面的光影倒映著依舊活動著的身體。

於是我伸出手，輕輕打開了浴室，一股怪異的氣味迎面而來，懸掛在那裡的手電筒搖搖晃晃的，走進去之後，我扭開了水龍頭，緩緩沖洗掉手上的髒污。乾涸已久的洗手台上混著髒水的灰土緩緩被沖入水管中。

空洞的聲音在黑暗空間迴盪。

把手洗乾淨之後我往後退開，門扉被關閉上後，我坐進了角落中，全身蜷縮了起來，兩隻眼睛死死地瞪著那扇小窗戶。

倒映在那裡的人影越來越清晰，打開的小縫中伸出了白色的小手，就這樣往我一點一滴地滑了出來。

推開的窗戶後是許多老舊管線，纏繞著黑暗的物體，然後「它」睜開了血紅色的眼睛，露出了笑容。

我抱著身體，等待著、等待著。

這一切都會結束。

我知道。

5

「這跟黎大哥的事情哪裡有關係啊……！？」

把有點詭異的故事看完之後，虞因實在想不出來爲什麼一太要給他這些似乎沒有關聯的資料……等等，難道這是要排隊的下一號嗎？

一太不可能在這種時候來搗蛋吧！

而且這個故事看起來非常不好搞，他發誓打死也不要去這個地方，假如這是眞的，他絕對不要去。

在心裡抱怨了一下莫名其妙開天線的友人，虞因突然發現聿和東風都很專注地在看其他資料，「有什麼東西嗎？」拜託千萬不要在這種時候冒出什麼來攪和，他現在只想專心幫忙看能不能找到黎子泓。

「還不曉得。」

看他們兩個似乎難得對同一件東西一樣有興趣，虞因只好暫時不打擾他們，雖然想向東風詢問案件進度，看來也得等一下再說了。

看了下時間，他乾脆先起身去廚房把剛剛的粥重新加熱，順便再弄點宵夜。若只有自己一個人，隨便吃吃就算了，不過兩個小的還是要吃飽一點才好。聿現在也越抽越高了，正好是需要營養的時期，另外一隻最近也好不容易有點肉出現，果然還是得多注意，別讓他們又消下去才行。

打開冰箱，虞佟果然有幫他們做一些菜放在保鮮盒裡，雖然平常聿也會煮飯，不過家裡人多了之後虞佟怕他們自己回來亂吃，多少還是會準備一些可以立刻加熱的簡便小菜裝盒，下鍋熱一下或微波熱都很快。

將食物放到瓦斯爐蓋上後，虞因有點發起了怔。

說起來，他也不是沒遇過黑色的物體。

如果這些內容是眞的，那麼故事裡的那些人應該已經不在了吧……沒有第一時間去處理，那些資訊已經傳了這麼多版本，不管現在再做什麼，故事裡的人早已經來不及了。這和之前的事不一樣，早已錯失了時機。

虞因搖搖頭，決定不要再去回想那件事，那不是什麼愉快的回憶。打開水龍頭，他稍微洗了下臉讓自己清醒，睜開眼睛時，突然看見自己的手全都是紅色的。

沾黏著泥土和樹葉，覆蓋著雙手的是黏稠的暗紅。

「不要在這種時候來……」用力地甩甩頭，他拒絕在這種時候分心，最起碼他要確定朋友是否安全，才能專注地去幫忙更多。

但是睜開眼睛之後，虞因看見的還是沾滿血的雙手，接著是某種詭異的聲響從廚房小窗外傳來，反射性地轉過頭，他隱隱約約看見圍牆外好像有人影晃動，眨眼瞬間，很快地牆外又恢復平靜。

瓦斯爐上沸騰的聲音打斷了寂靜，他用力擦了擦手，什麼顏色都沒染上，然後匆忙關掉爐火，幸好食物沒有煮焦，散出很溫暖的香氣。

一股不屬於食物的淡淡味道傳來。

虞因抓抓頭，有點煩躁，「既然是一人給的，我也沒說絕對不幫忙，等我們這邊的事情做完，我就會幫你們看看，這樣不行嗎？請讓我有點時間先把自己的事情辦完，之後我一定會幫忙。」

然後，所有味道、幻影都消失了。

那瞬間，虞因突然有點厭惡自己。

雖然想要幫更多忙……從以前到現在都幫不了太多，現在人家來求助了，他反而自私地想要先確定自己人沒事才有心思去協助，這讓他突然感到自己也是可惡的人類。

「我還眞機車啊。」嘆了口氣，正想伸手拿碗盤裝盛食物時，細微的聲響突然從指尖處傳來，虞因才反射性要縮手，白色的瓷盤突然整個爆開，還沒反應過來是怎麼回事，已經先感覺到手上傳來的刺痛，以及接踵而來的爆裂聲。

「怎麼了！」

聽見聲音、和聿一起跑進廚房的東風猛一看見正在炸開的盤子，立即拉下聿的薄外套往那些餐具上蓋，讓碎片無法再炸出來。

同瞬間，廚房與客廳的燈發出異樣聲響，猛地同時熄滅，四周陷入一片漆黑。

黑暗中，虞因隱約聽見像是某種動物嘶吼的聲音，非常憤怒，怒氣幾乎直指他而來，完全不遮掩的赤裸惡意與恨意。他沒想太多，馬上按住一旁的聿和東風，直接橫過身護在他們頭上。接著下一秒，爆裂聲從上方傳來，各種不明碎片落下。

「別太過分喔！」

衝著黑暗吼了句，所有騷動立刻完全平息，走廊和客廳的燈也再度亮起。虞因退開身，這才發現剛剛炸掉落下的是廚房的燈和燈罩，滿地都是碎片，等他家大人回來後，都不知道要怎麼解釋了。

還在思考要怎麼逃避現實，一旁的聿突然抓住他，用力拉出廚房。

被這樣一扯，虞因才發現身上傳來各種刺痛，除了剛剛盤子爆掉割傷手之外，身體露出衣服的部分也有一些比較輕微的割傷。

聿拽著他，幫他拍掉頭髮上的細小碎片。

「那到底是怎麼回事？」慢了點才從廚房走出來的東風拍著身上的碎屑，然後把順手抽出來的紙巾遞給聿使用，「鬼嗎？」

「應該是，但是不知道在發什麼火。」那種怨恨的感覺實在太強烈了，虞因很少遇到這種完全針對他的，有瞬間他還以爲對方要殺自己……只是延後一點應該沒必要這麼凶吧？又不是他殺了誰全家！

「幾個？四個或五個？」

「我哪知道啊。」沒好氣地說著，虞因注意到聿露出擔心的表情，就不反抗地任他拉扯進入客廳。

一到客廳入口，他們都愣住了。

原本繫在兩邊牆上的落地窗窗簾整個被扯開撕裂，大片玻璃上歪歪斜斜地寫滿了幾個暗褐色的大字——

不准插手

□

他聽見有人在說話的聲音。

不適感似乎稍微減輕了些，短暫暈眩過後，他終於有點力氣睜開眼睛。

空間變大了，比上一次意識清楚時大了些……對了，不久前好像隱約感覺到被搬動。雖然換了地方，四周仍舊黑暗，取代冰冷地面的是一塊不明絨毛布料墊在下面，隔絕了先前的低溫。

雖然如此，一動作還是有強烈的暈吐感。

他想，應該和頭部的創傷有關係，雖然不明白也不記得自己是怎麼受傷的，但是對照幾次反覆清醒時的印象，的確是受了傷沒錯，傷勢可能不輕，或許有點腦震盪。

一進行繁複的思考，悶痛的感覺再度襲來，讓他不由自主發出低低的呻吟聲。

然後他注意到，附近的說話聲突然停止，接著是連串翻動聲響，動作相當粗魯，甚至有桌椅翻倒碰撞的巨響，以及不甚友善的重重步伐。

就算不知道自己為何會是這種處境，他仍能憑直覺判斷對方可能會對自己造成危險，而且，顯然前幾次在他身邊的不明人士已經不見，整片黑暗中只有自己，手指可觸及到的地方放有一些水瓶和食物模樣的東西，口袋裡也放著某種物品，可見對方會暫時離開一段時間。

聲音是從「下面」傳來的。

距離並不遠，幾乎就在他正下方。

搜尋了好一陣子後，再度傳來說話聲，可能是被什麼觸怒了，這次是怒吼髒話之類的字句，還有摔碎玻璃物品的聲響。

聽到髒話，他就想起當天遇到的女孩，她眞的沒有素質差，所以沒什麼好和別人比較的，總有一天她會明白。

意識又跟著悶痛稍微有點模糊之際，他聽見了下方怒罵的聲音，因爲太大聲了，所以清晰地傳到上頭，讓他勉強又振作了精神，仔細分辨他們的對話。

「幹！到底藏在那裡！」

「他應該不會把事情告訴警察吧！」

「應該是沒那麼帶種，他絕對不可能告訴警察，就算說了，他也沒證據證明我們有做，那些話我們可以說是那女人的誣賴，警察不可能找得到；反倒他自己才眞的是凶手，警察要抓的是他，他不可能去找警察。」

「不過跟他在一起的那個到底是誰啊……」

兩個人，從聲音上判斷，應該都有些年紀了。

「管他是誰，找到就一起做了，現在我們沒什麼好顧忌的，弄乾淨一點就好，當年的事情大家都有份，你也別想賴掉。」

「不過警察怎麼會找他找成這樣，竟然馬上就挖出他。」

「誰知道！」

「在警察找來這裡之前，快把東西找出來吧。」

不知道爲什麼，他總覺得聲音有點熟悉。

用力地握了握手，試圖想要移動身體，但是力氣還沒恢復到能讓他做較大的動作，而且一移動，悶痛立即變成劇痛，幾乎讓人無法呼吸。

等待痛楚過去的時間，下方的人似乎也差不多告一段落，他聽見腳步聲往同樣的方向走去，接著是摔門聲，之後就再度寂靜了。

閉上眼，感覺到疲憊的身體似乎又開始想要逼迫自己繼續沉睡時，突然想到某個渾蛋傢伙如果知道他現在的狀況，一定又會在那邊說些有的沒有的，更別說自己還欠他一天，都不知道爽約會被要求什麼麻煩的事情。

有時候想想，眞不曉得是不是造過什麼孽，這輩子才會被纏上，現在可能是因爲出了社會有收斂一點，一想到以前住宿時收過的眾多爛攤子，他就整個越想越生氣。理解是一回事，但是實際上的情感又是一回事，總覺得沒有往那個人臉上打一拳就這樣不明不白死去似乎有些虧大了。

用力支起身體，他的背立刻撞上硬物，緩慢騰出手摸了摸，似乎是牆壁，整個空間的高度讓他無法完全坐起。在黑暗中摸索了下，他很快摸到了盡頭，也是同樣冰冷的壁面。他挪動身體，讓自己靠到了最邊緣，這些動作耗盡了剛剛瞬間因憤怒而累積起的微小力量，於是他讓自己趴回布料上，打算等虛軟和頭痛過後，再尋找身上還有沒有其他可以自救的東西。

正勉強自己繼續思考不要昏睡時，本來以爲已經沒有人的下方突然響起爆響，砰地一聲，直接打在很靠近他的地方。

槍聲。

接著又是幾記槍響，全都打在他剛才躺著的位置，其中有兩、三發打穿了，微光透了上來。

「果然有東西！」底下傳來聲音，是那兩人之一。

看來他們並沒有離開。

盯著微光，他屏住呼吸。

「會不會是老鼠？剛剛上來時也看到有幾隻在跑，你看，有毛掉下來了。」

「搞個樓梯過來，上去看看。」

就在他思考著應該怎麼避開之際，下方再度傳來騷動，與剛才的槍聲不同，是玻璃或瓷器的爆裂聲，而且是好幾個，連串地在下方不斷爆開。

「幹！又是啥小！」

似乎被驚嚇得不小，下面的人罵出了連串髒話，接著是急促的腳步聲和甩上門的聲音，對方幾乎是落荒而逃地離開了。

他掙扎著想要靠近那道光，找尋可以離開這裡的方式。

下一秒，洞被堵住，從下面冒出的某物塞住了洞和光，整個空間又恢復成純粹的黑。

某種寒冷的東西按上他的背脊，冰冷的小手從後面伸了出來，制止了他的動作，摀住他的聲音，將他和原本的世界隔絕開來。

最後，他又回到黑暗當中。

□

「阿司，你在幹嘛啊。」

深夜閉店的時間，楊德丞看著還賴在他店裡不滾的麻煩客人，店員打烊下班很久了，他也已經整理完所有東西備好材料還清點完本日帳務，這傢伙還在這邊佔位發呆。

「我覺得這兩天好像有點在體驗老婆跑回娘家的生活。」他整個好空虛寂寞啊。

「啥？」準備著調酒，完全不知道對方哪來這種結論，楊德丞把杯子放到賴著不走的人前面，「反正你這種人如果眞的有老婆還跑回娘家，絕對是你的錯，不可能是老婆錯。不過小黎還沒消息嗎……唉……」坐到位子對面，他其實也很擔心失蹤的朋友。雖然不是從事相關行業，但是他也知道所謂尋找失蹤人口的黃金時間，都已經過了好幾天，家人親友都沒收到什麼勒索信、警告信的，實在讓人相當不安。

「對啊，都不知道在遠方有沒有吃飽、有沒有穿暖，口渴有沒有水喝……你看這不是很像老婆跑了然後有點感觸嗎。平常放在旁邊沒啥感覺，一跑就突然覺得自己好寂寞啊。」嚴司支著下巴，對著玻璃外面的黑夜嘆了口氣，「不過老婆跑了還知道要去哪裡找，不是娘家就是小白臉……朋友被綁了居然只能在這裡坐等消息，連封書信都沒有留下，分手都還有個簡訊，綁票竟然這麼不專業，不是應該有個恐嚇信還是勒索電話嗎。」害他一邊坐一邊反省起以前的所作所爲，早知道會發生這種事，當初被嚴厲指明不准幹的事情應該趁年輕做一做才對。

人生果然不趁早做，哪時候不見都不知道。

冷眼聽著眼前傢伙亂七八糟的比喻，楊德丞只想一鍋子揮過去讓他清醒一點，「你是眞的有在擔心嗎？」

「有啊……我把假都排出來了，現在開始我要專心一路放到我前室友回來。」強迫他學弟讓他把之前的積假一口氣放完的嚴司把玩著手邊的杯子，「然後把嫌犯給卸八塊，這樣才可以認眞上班。」

雖然是這樣講，不過楊德丞覺得友人大概是不想在這段時間裡面突然檢驗到吧。平常打鬧搞笑是一回事，他很確定嚴司看到其他認識的人出事時，表面一定還會保持著那種欠揍態度去認眞仔細地工作，唯獨小黎不一樣，他們的交情一直都和別人不一樣。

如果不是這種狀況，他肯定會好好嘲諷這傢伙的鴕鳥心態，但是他們現在也就只能沉默地等了，「看來你也是普通人啊。」

「我一直是正常無比又和藹可親的普通人啊。」咬著調酒裡的蘋果片，嚴司瞇起眼看著外面，「說起來，我前室友也學過防身術，應該不太可能會隨隨便便被一般人拖走才對。」更別說是有敵意的了，那傢伙還有基本的警覺心，不會因為講個幾天話就笨到被陰。

那麼那個倒楣鬼跑出去被抓是為什麼？

盯著玻璃上的倒影，嚴司拿出手機，看著上面短短的簡訊。剛開始放假前兩天打過去還有講到電話，後來對方不想接時傳簡訊也還有回幾個字，但是直到三天前，連簡訊都不回了，還以為是慣例性地無視他，當時手上也在忙，就沒想太多。

搖搖頭，正想撥給那個泡在警局一整天看監視的小鬼，才注意到手機上顯示的時間。

「你現在才發現已經兩點多了嗎。」打了哈欠，楊德丞按著痠痛的肩膀看著空曠無人的大街，剛剛除了巡邏車，還真的沒看到什麼人了，今天真是難得的安靜。

「你的準備工作還做真久。」

「廢話，你以為錢好賺嗎，有些食材沒前一天晚上處理好，明天再弄根本來不及，更別提熬湯了，以前沒副手幫忙時還要自己站整晚。」沒好氣地說著，楊德丞看了眼差不多喝完的酒杯，乾脆起身去拿自己的外套，「走吧，載你一程，明天一早要去找那個學弟對吧。」

「是啊，不過他應該是在被圍毆的同學他家。」稍早嚴司又聽到路倒傳說。

「了解。」轉著車鑰匙，楊德丞稍微收拾了下桌面，然後打開保全，「放心吧，小黎一定會沒事的。」往好的方向想，沒消息就是好消息，說不定他們的朋友現在也正在找方式回來呢。

「……我也覺得應該會沒事，從以前開始就覺得他的臉看起來很命硬。不過大概是城堡外充滿了荊棘，騎士過不去，讓大魔王還站在那邊笑啊。」

「……你眞的病得不輕，快滾回去睡吧。」

□

虞因清醒時時間還很早。

大約是五點多的時間，窗戶外天空都還沒亮。

前一晚好不容易把廚房整理乾淨、也把客廳的玻璃擦乾淨後，他們就什麼也沒說，各自提早睡覺。

不過正要睡的時候，聿就拉著被子和枕頭過來，一臉他自己睡有可能會被鬼殺死的模樣，接著他想說睡前再檢查一下門窗，就發現東風拿著被枕準備睡在自己房門口，沒好氣地，只好揪著兩個小的一起換到床鋪比較大的虞佟房間睡。

不過就算比較大，三個大男生要睡還是很勉強，翻個滾就可以把其中一個撞下去。

搞到最後，虞因都不知道爲什麼昨天晚上自己要睡在他家老子房間的地板上。

還好他家有備用的簡便床墊，不然真的會辛酸到某程度。

醒來時，東風和聿都難得睡得很熟還各自抱著棉被，看著很像某種小動物睡在一起的畫面，他完全體悟到，就算腦子跟鬼一樣，睡著時也是普通人，沒什麼差別。

悄悄地離開房間後，虞因稍微梳洗了下，站在客廳伸著懶腰，然後找出一太給他的名片。現在時間還很早，打電話過去似乎不太適合，他就發了封簡訊給對方，打算等晚一點再聯繫。

雖然覺得這些東西應該和失蹤案沒關聯，但是昨晚的敵意太強烈了，他不得不先騰出時間了解一下這邊的狀況，否則這樣子被干擾也不能專注。

正思考要不要先煮個什麼當早飯時，收簡訊的那方意外地立刻回信了。

不知道是因爲餐廳營業時間很早還是對方本身早起，總之虞因有點訝異地拿著手機坐到落地窗邊。他剛才發給對方的是自介，大致上是說他是一太的朋友，從一太那邊拿到一些資料和名片，所以想詢問相關問題。

對方回覆得很簡短：我知道，一太說過會有人來處理這件事，有什麼問題儘管說。

虞因想了想，乾脆發了簡訊問對方現在方不方便講電話。

大約等了一、兩分鐘，他手機響了，看來一太那邊的朋友個性差不多都很乾脆。

「您好，我這邊是虞因。」聽對方的聲音，年紀明顯比他大了點，虞因一邊打招呼，一邊打開落地窗走出屋外庭院，避免講話聲吵到樓上還在睡覺的兩隻。

「早，叫我巴庫就好了。」對方很快地回答道，背景音還可以聽見不少鳥叫聲。

大概是三、四十歲左右吧那個聲音，不過還滿爽朗的。虞因想了想，「巴庫大哥你好，我想問的是那些剪報……」

「你想問的是其中一張對吧？比較長的那張，有點久了，那張是我以前投雜誌的，還賺了五千元稿費。」

沒想到會聽見這種回答，虞因訝異了幾秒，追問道：「所以是你編的？」最近的鬼用編的就會噴出來了嗎！這也太誇張了吧！

「不是，那是別人告訴我的，大概六、七年前的事情了，有個登山客講的，那時候剛好看到雜誌在徵稿，就問了，那個先生說可以投。我有稍微編潤過和修改一些小地方，讓故事完整點，不過大概就是那個樣子。」

「所以你要處理的是剪報上的事情嗎？」東部也太遠了，雖然以前曾去過，不過這種時間要去東部實在是不太適合。虞因在心裡打點了下昨晚的事，還是決定先等這邊的事情過後，有必要再跑一趟，只是要想個藉口才行。

可惡，還發誓說不去的。

「啊，你搞錯了，不是啦。」電話那邊傳來幾聲笑聲，「那是我貼在餐廳牆壁上給客人看的，一太要我拍下來傳給他，他說處理事情可能會用到，我想拜託的是另外一件事。」

難道一共有兩件嗎？

虞因覺得自己眼神死了。

「事情是這樣的，我在這幾年才返鄉接手餐廳，重新整理後，發現這家餐廳怪怪的，晚上關店之後都會聽到女人在哭，隔天起來地上有走動過的痕跡和葉子泥土。很麻煩咧，埋伏了好幾次，什麼也沒看到，飛鼠也沒這麼難抓。」

「……原屋主怎麼說？」

「老闆跑路了，找不到人。」

「……」

「不過我向附近的打聽了打聽，有個以前在這邊幫忙的煮菜媽媽說，這家店之前有個女的來借宿……以前樓上有幾間小房間是給人家租的，現在我都打通重新裝潢做觀光民宿了，還有原住民手工DIY喔，同學有空來後山時，記得來我們這邊玩玩，一太的朋友免費招待，你們都市的小孩應該沒吃過車輪苦瓜吧，花東……」

「大哥，先回到重點一下，下次再跟你討論苦瓜。」不過那是什麼啊？虞因疑惑了一下，打算等樓上兩隻醒了再問，說不定聿會知道。

「啊哈哈，對啦，就是那個女的來借宿，十幾年前有喔，很久很久了。帶個小男生，兩個住了一晚，隔天老闆整理房間，發現那個女的把錢和背包都留下了，大概過了幾天，就聽到那個房間一直傳來女人在哭的聲音，有一些客人晚上都會被嚇到。」

「一太過去之後有說什麼嗎？」

「他說他沒辦法處理，這不是他可以插手的；不過很快就會有人來幫忙，還說到時如果真的解決了，要免費招待你們。安啦，就算沒解決也免費招待你們。」

「我明白了，謝謝喔，有問題再問你。」

「OK的啦。」

掛掉手機後，虞因轉頭看著被撕破的窗簾，嘆了口氣，走回房子時還是靜悄悄的。

他突然覺得有點奇怪，這時間聿也應該醒了，平常他起床的時候聿都已經自己弄好早餐在吃了，但是今天都還沒下樓。

總覺得好像哪邊怪怪的，才想上去看看時，突然就看見聿衝下來，表情看起來不像是剛醒，「怎麼了？」

愣了下，聿搖搖頭，轉向廚房的位置。

走到樓梯口邊，虞因往上看，看見東風就站在樓梯口，臉色還是很難看的白，「你們不是吵架了吧？」

「沒事。」

□

他總覺得好像真的有事。

聿煮好早餐後，餐桌上的氣氛還是很奇怪。

「對了，你們知道什麼是車輪苦瓜嗎？」為了打破已經夠低沉還很詭異的氣氛，虞因連忙打起精神問問題。

「紅茄。」聿小小聲給了兩個字。

「野茄，一種原住民的菜，很苦。」正在轉燕麥杯子的東風給了一小段話。

「你們講的是一樣的東西對吧？」有點不太確定，虞因只好再問一次。

「嗯。」轉過頭，東風瞇起眼，「爲什麼問起這個？」

把剛才通電話的事告訴兩隻小的，虞因頓了頓，看著他們各自開始思考的表情，「因爲時間不太剛好，所以還是想等黎大哥回來再看看狀況吧。」畢竟他們現在自己也是泥菩薩過江狀態，眞不知道爲什麼一太要挑在這種時候。

的確也不打算現在管這些事情的東風並沒有多說什麼。

「好遠啊……東部……」

「你在說什麼很遠？」

猛一回頭，虞因驚見不知什麼時候回來的虞夏就站在客廳入口，用很恐怖的表情盯著他，「東部？」

「沒有沒有，二爸你聽錯了，我是在講黎大哥回來之後，大家可以找時間去散散心，畢竟最近事情很多，去遠一點、像東部或離島也不錯。」連忙轉移話題，虞因看著似乎露出疲累的虞夏，說著：「對吧，離這裡遠遠的，暫時不要管事情，大家一起出去玩一陣子，兩天三天也好。」

覺得對方臉部表情很不老實，但虞夏也懶得戳破他，就轉向東風，「人抓到了，清晨埋伏時扣押回來，錄影上並沒有拍到他帶走黎檢，唯一知道的是他跟蹤黎檢而已，只能先留置處理，我哥正在和他周旋，其他人正在徹查他所有落腳點。」

「那找到黎大哥了嗎？」虞因馬上站起身。

「沒有，他否認曾和黎檢見過面，拒絕回答任何問題。」看了眼落地窗，虞夏皺起眉，「客廳的窗簾跟你身上的傷是怎麼回事？」應該不是他看錯，他們家的窗簾整片被撕裂開來，不是割也不是剪，就是撕開的痕跡。他記得過年換窗簾時選的還是加厚的布料，應該沒那麼容易一口氣撕成這樣；而他家的小孩身上一堆OK繃，沒貼上的地方似乎是輕微割傷。

「……來自異世界的問候。」在虞夏衝過來揍人之前，虞因快了一步躲到東風的椅子後面，「和這次的無關、無關，我會負責把窗簾換好。那個人完全不說黎大哥的下落嗎？」

「是啊，顧檢應該也快到了，我回來拿個東西馬上要回去。」打算騰個五分鐘順便沖個澡，虞夏也不浪費時間，直接往樓上去了。

「我們可以跟嗎？」看了下手錶，時間還早，大三後課不多的虞因跟著跑到樓梯口問。

「隨便。」

回過頭，聿正在加快吃完早飯，接著端著空碗盤跑進廚房準備給虞夏帶走的早餐。

東風看著杯內正在轉動的麥片，若有所思地沉默著。

「你要一起去嗎？」雖然知道對方是肯定答案，不過虞因還是坐回位子上，隨口問了。

「廢話。」冷冷斜了虞因一眼，東風拿出自己的手機，看著剛剛發過來的訊息，接著罵了句：「為什麼他知道號碼！」

「誰？」看到對方整個都快豎毛了，虞因靠過去看，看到一排有點眼熟的號碼。

一秒關了手機電源，東風冷哼了聲，就去收拾自己的背包。

接著虞因想起來了，那是嚴司的電話號碼。

正要跟著起來幫忙時，一張紙突然從旁邊飄了下來，仔細一看，是那張原始的投稿剪報，但是背面的空白處出現了好幾枚暗黑色的指印。

「你們究竟要不要幫忙？」昨天把他家搞那麼慘，今天還來。虞因真的有點莫名其妙。

一點血紅在紙張上暈染開來。

下一秒，那張紙突然在他手上發出細響，整個被撕得粉碎，幾十片小紙片落了一地。

「我不介意你們直接出現，如果真的需要幫忙，不要做這種事情。」他已經夠煩了。

話才一講完，桌面上突然發出爆裂聲響，剛剛東風還在轉的杯子整個爆得粉碎，沒喝完的麥片散得整張桌面都是。

「……」到底是要怎樣啊。

「又怎麼了？」整理完自己物品的東風回到客廳，看見地上的紙片後皺起眉。

「試圖溝通，得到渾蛋反應。」虞因沒好氣地回答。

蹲在地上看著那些紙片，東風很快地在地面上拼回原樣，歪著頭有點疑惑地盯著上頭的指紋，「鬼的？」

「應該是。」

東風伸出手，「相機或手機。」

很想回問對方不是自己有嗎，不過虞因還是乖乖地交出自己的手機，然後看著東風把那些紙片照下來。

「拿給你的朋友們去查吧。」把手機拋回給主人，東風打了個哈欠，揉揉眼睛，逕自就走到玄關等待了。

看著自己的手機，又看了看地上的紙片，虞因只有一個想法。

那些王八蛋阿飄如果敢炸掉他的手機，他絕對會在事後鞭屍報復。

「該怎麼說呢，小東仔實在是宇宙無敵不親切。」一大清早就窩在警局的嚴司一邊向剛返回的虞夏抱怨，一邊瞄了眼坐在旁邊完全不理他的某人學弟。

比較起來，那小子竟然和玖深、小伍比較有話說。現在三個人在角落說悄悄話，看起來就是個排外的陰險小團體。

「他說話了嗎？」看了眼偵訊室裡的人，也懶得跟嚴司抬槓的虞夏轉過頭，看著剛走進來的虞佟，後者搖搖頭。

「一樣，無論怎樣問都不說話，但也不找律師、家人朋友，就是坐著不搭理任何人。」將手上的檔案交給虞夏，虞佟看著塞滿一房間的人，幸好這時候顧檢還沒到，不然看到這種狀況不知道會作何感想。「阿因的臉和手怎麼了？」

摸摸臉上的ＯＫ繃，虞因乾笑了下，「請忽略吧……」

「先都過來吧。」這種地方實在不好說話，虞佟向員警打了個招呼後，幾個人轉向了虞夏的辦公室。

關上門之後，虞夏打開檔案，「嫌疑人是鄭仲輝，三十六歲，高中肄業，有入侵、暴力、毒品前科。兩個月前出獄後來到中部。無業，養父母前幾年車禍意外死亡，留給他一棟位於南部的透天別墅和一些土地，手上現金不多，不過房地都有出租出去，承租者定期會把租金匯入他的帳戶。」看了眼東風和嚴司，他說道：「大小案件加起來陸續坐了不少次牢，時間都很短，有些付了罰鍰，但是這些案件全都與黎檢無關，沒有一件是他經手的，更別說黎檢在調派來之前負責的地區完全不同。」

「因爲沒有直接證據，所以我們是以關係人留置他詢問，但是對方拒絕回答任何問題，也聲稱監視器上的人不是他，他不認識黎檢。」補充了下，虞佟按了按肩膀。

「可是畫面處理完超清楚的，絕對就是他。」玖深有點急地跳腳，「爲啥那麼剛好就完全沒拍到關鍵地方。」

「關錄影，拔指甲。」嚴司給了個比較中肯的建議。

「我們請當地弟兄去過房子，但是完全沒有找到什麼，租屋的是個家庭，承租者的租金就像剛剛說的都是用匯款方式，他們已經很久沒有見過嫌犯了。」跳過嚴司的話，虞佟翻著記錄，「最後一次見面應該是一年多前，承租人不知道他的背景，但是強調嫌犯是不錯的房東，租金不高，水電修繕可以拿收據從租金中扣除。他在這邊的租屋……小伍怎麼了？」

「我先離開一下，等等回來。」和東風的低聲討論告一段落後，小伍在虞夏殺人目光下戰戰兢兢地說道：「東風問我再確認影帶幾個地方……我想說別浪費時間……」

「錄影怎麼了？」幾個人轉向角落的東風。

「雖然重點是搜索我學長和嫌犯，但是總覺得有點奇怪。」睡了一晚腦袋也清醒多了，東風冷瞪了眼也盯著他看的嚴司，「除了我學長和嫌犯及一些附近居民，錄影裡好像有人重複出現了好幾次，但是不是跟著我學長，是出現在嫌犯附近，我原本以爲是居民；早上吃飯時回想起來，發現他們似乎是跟著嫌犯在行動，跟隨的距離有點遠，當時沒有特別留意，所以到現在才注意到。」

「……等等，學弟你把全部的錄影畫面記得這麼清楚？」竟然還可以反覆回味？嚴司覺得自己有點小看這傢伙的腦容量，原來是以T計算而不是以G……說不定更高？

「我不是你學弟。」反射性地罵了句，東風抬起頭，看見旁邊的聿和虞因也盯著他看，只好繼續開口：「沒錯，我記得。」

看著小伍逃難出去，虞佟輕咳了聲：「那在等待小伍時繼續說吧。兩、三個月前來到中部之後，他有一處有登記的租屋，是一間單人房，昨天第一時間派員搜索後沒有找到任何物品。從捉到他的地方來看，我們相信他應該還有幾個沒有登記的落腳點；帳戶中的存款這幾個月花掉很多，不排除都是用來支付租金。東風昨天幫我們清查出來的另外幾處落腳點正在一一清查中，裡面有幾個是日租，大多是違法的，部分拒絕合作，還在等搜索票下來。」

「不介意讓我對你們嫌犯健檢一下吧。」站起身，嚴司拿起自己帶來的工具箱。

「他同意就可以，帶玖深一起過去。」蓋上檔案，虞夏轉過頭，看見剛剛跑掉的小伍推開門，講了句顧檢到了，「阿因你們不要亂跑，顧檢行事和黎檢不一樣，也不知道你們的狀況，不要出來搗亂，鬼也不准讓他們出來。」

「鬼又不是我放的。」如果他可以放鬼，他就放去咬那個嫌犯好嗎！虞因對此很憤慨。

瞇起眼，虞夏重申了一次，「鬼不准出現。」

「……盡量。」如果鬼能夠感受到這種殺氣，真的不會出現就好了。目送他家兩個老子離開辦公室後，虞因整個腦痛，他是有什麼辦法叫鬼不要出來啊，尤其是這一批感覺上不太友善，都不知道他們到底想幹嘛了。

「我去看錄影。」辦公室的人差不多都走光了，東風也跟著站起身，接著就發現聿擋到他面前。「閃開。」

「怎麼了？」很少看到聿這樣擋別人……擋自己比較多次啦，所以虞因也有點訝異。

聿搖搖頭，讓開身體，但是看起來似乎是要跟著東風出去的樣子。

總覺得他們兩個似乎眞的發生了什麼事，虞因也跟了上去。「一起行動吧，不然等等又是我要被揍。」爲什麼大的就比較倒楣啊，動不動就要代表被修理，眞是不公平。

「隨便你們。」沒好氣地白了兩個跟屁蟲一眼，東風伸手去開門，但是在摸到門把那瞬間立即縮回手。

還沒問發生什麼事，虞因就先看見對方攤開掌心上一把的黑血，接著是深色的門板上拉出了不規則的長線形刮痕。

「……二爸會宰了我。」覺得冷汗都爆出來了，虞因只感到四周氣溫突然降得很低，還有種淡淡、說不出所以然的詭異味道飄來，接著是門板上被刮下了第二條歪來扭去的線痕。

一旁的聿突然靠過來，縮到他旁邊。

反射性一抬頭，虞因猛地看見一具乾枯褐黃的人骨赫然貼在他們旁側。

他被嚇得不輕，拉住聿和正盯著門板看的東風往後退開很大一段距離，直接撞上辦公室另一端的櫃子。

雖然之前看過很多奇怪的東西，但是看到整具沒肉的站在旁邊這麼近還是第一次。

「什麼東西？」完全感覺不到的東風莫名其妙地看著臉色大變的兩人，「樣子？」

「呃、整具的骨頭。」就站在那裡的骷髏似乎沒有靠過來的意思，但是兩個又大又黑的眼洞正對著他們，視覺上實在非常不舒服。盡量把兩個小的護在身後，虞因吞了吞口水，就和兩個黑洞對望。

「形容啦！」往前面那顆大腦袋拍下去，東風將人推開，不過什麼也沒看見。

「枯骨……可以不要在本人面前形容嗎？」那具骨頭的眼洞一直對著他們，竟然要當著骨頭面前形容對方的樣子，虞因一整個暈，不過這也讓他知道，東風一定對鬼會因爲某些形容而跟上黏死這種事完全沒概念。

「起碼可以看出是男是女吧，女生的骨盆比較寬。」

「你叫我在阿飄面前形容他的骨盆嗎！」虞因覺得有點快崩潰了，第一次有人叫他阿飄出來時先盯下面看還附帶形容，他如果是鬼不作祟都不行。

「你只要回答是男還是女就行了，不會嗎！」

就在虞因正打算豁出去看一下時，他們身後的車突然往前衝撞，把他和東風撞得一個踉蹌，差點沒一頭撞上還在原地的骷髏。

接著虞因發現了，他們後面也有一具。

「你們兩個不要亂動。」

看著前後兩具貨眞價實的骷髏，虞因吞了吞口水，很愼重地往下面瞄了眼，馬上就收回視線，「一開始這位是女的，後面是男的。」

「……沒辦法讓我看嗎？我可以做出復顏素描。」只看到空氣的東風問道。

「如果有辦法我就去通靈賺錢了。」拉著他們往側邊退開，虞因發現這兩具骷髏不妙地轉了方向，並肩正對著他們，有走過來的傾向。

就在他們眞的踏出第一步時，後方的門突然被打開了。

「我有東西忘……」

「玖深哥不要進來！」

愣在門口的玖深一時還沒搞清楚發生什麼事，已經退到辦公室最裡面的虞因看見那兩具骷髏突然咻地聲整個消失，接著某種黑色的東西在玖深後面一閃而逝。

還沒搞清楚究竟是幾個的時候，他再度聽見熟悉的不妙裂開聲。

這次他很有經驗了，立刻就把聿和東風壓低身，下一秒，上頭的電燈整個爆開，接著是外面，連續爆裂的聲響直接傳到外面的各個工作區，室內立刻暗下來。

站在門口的玖深還來不及慘叫向後跑，一旁就有人將他撲倒在地。接著，外牆上的布告欄玻璃也整個爆碎，玻璃碎片瞬間炸出滿地。

整個騷動大概持續了十幾秒，最後終於完全安靜。

按著聿和東風，虞因小心翼翼地抬起頭，看見了面對著門的桌上站著一個黑色的小小形體，赤紅的眼睛惡狠狠地瞪著他們，最後消失在空氣當中。

大概過了一會兒，外面才漸漸傳來聲音，大多都是搞不清楚剛才發生什麼事的相互細語討論。

「玖深學長你沒事吧？」翻坐起身，小伍拍掉身上的玻璃碎片，「死了，我女朋友送的衣服割破了。」

趴在地上抖了下，玖深很緊張地半爬起來，警戒地看著辦公室裡，「剛才那是什麼……啊不要講！我不想知道，我我我我我……我等等再來！」

「不要亂跑，到處都是碎片。」聽見聲響出來的虞夏往六神無主亂掙扎的玖深背後踩下去，「……阿因。」

「我必須聲明這實在不是我能控制的。」虞因實在有夠無力，接著他想起門板後的事，想想還是決定不要告訴虞夏，等他自己去發現算了。

「老大，那這個要申報公費維修嗎？」看著整個樓層都爆了的玻璃和只有疑問卻沒什麼驚嚇感的其他同事們，不太理解他們為何可以這麼鎮定的小伍一邊把玖深拉起來，一邊有點擔心地靠過去問：「寫自然破碎？」

「不然你要寫有鬼打破嗎？」虞夏冷瞪了對方一眼，「會有人來處理，你們兩個又跑回來幹嘛？」

「我有東西忘記拿。」玖深巴巴地看著自己遺落在辦公室裡的本子，提不起勇氣踏進去，明明看起來好像是平常熟悉的室內，但是爆玻璃之後，他只覺得裡面有很多不能用科學解釋的東西。

「那個、東風說的沒錯，我調了幾個重點畫面，附近街道的確都出現同樣的二人組，明顯是跟著嫌犯來的。」正想來找對方過去確認一下的小伍有點心痛地看著被割壞的袖子。

「同夥嗎？」

「看起來不像，雖然距離拉得很遠，不過應該是在跟蹤沒錯，正在請同仁追蹤車牌。」

虞夏思考了下，「我知道了，顧檢現在正在詢問，不過看來應該也不會有什麼結果。小伍你找兩個人，去把跟蹤二人組搜出來。」

「好。」

小伍跑遠後，虞夏往還巴在門邊抖的玖深腦後甩上一掌，「還不快點去做你的事情。」

「唔、喔，好。」回過神的玖深膽顫心驚地伸出顫抖中的爪子，從聿手上接過本子之後，立刻一溜煙逃走。

「檢察官離開後，我能和那個人說一下話嗎？」拍掉身上扎人的碎片，東風低聲地問。

「嗯，我們會在場。」

「謝謝。」

稍微看了下周遭，並沒有什麼太大的損傷，虞夏交代附近的隊員處理後續，然後扔給虞因一句：「你死定了。」

「干我屁事啊——」

無視某人的抗議，虞夏直接揚長而去。

「你們還是待在這裡好了，破壞比較不會那麼嚴重。」東風看著室內外滿地的玻璃，搖搖頭，跟著離開了。

深深覺得自己真的不知道招誰惹誰，虞因只好帶著聿去尋找掃把。

果然當普通人是很悲劇的。

□

那是個非常沉默的人。

身材偏瘦但是相當高大，坐在位子上時連椅子都顯得有些小。

站在黑暗的角落中，虞夏環著手打量著他們帶回來的嫌犯。男性，有著一張看起來非常老實的面孔，以及長期曬太陽的皮膚，臉上、身上曬斑很多，露出的皮膚和臉的部分有碰撞擦傷的痕跡，比較明顯的是額頭上的擦傷，不管虞夏怎麼看，都覺得那像是被棍棒之類的硬物攻擊擦過造成的痕跡。

再次翻看了檔案，這人幾年前有過毒品前科，但並不嚴重，記錄上也僅有那一次；反倒是暴力記錄比較多，大部分都是與不認識的人起口角，被控告傷害不少次，看來在情緒控制上比較有問題。

大早就趕來的顧問縈反覆偵訊了幾次，嫌犯依舊一聲不吭，不過倒是同意讓嚴司和玖深檢查並採證，其他就完全沒反應了。

「很奇怪，對吧。」看著偵訊室裡的人，虞佟靠到雙生兄弟旁邊，「總覺得他只是在等待時間到，然後離開，爲何這麼有把握我們沒有證據？」

「說不定眞的要像阿司說的，拔指甲會比較快。」看著裡面的顧問縈也問不出所以然，挫敗地離開，虞夏聳聳肩，「要嘛就是他藏在完全不會有人可以找到的地方……這倒還好，說不定能確定黎檢還活著，要嘛他就真的是無辜的，但是不太可能。不然就是……」

「他很確定知道監視器並沒有拍到。」虞佟接了話尾，「但是那些監視器都是隨機故障，他沒道理知道，顧檢過來了。」

走進來的顧問縈搖搖頭，和他們講了幾句務必要問出線索之類的話，就趕回去處理其他事務了。

另外一邊，室內的男人依舊什麼話都沒說。

顧問縈走了一會兒後，在外面等待的東風才推開門，「輪到我了嗎？」

「走吧。」領著人，虞佟帶他進到偵訊室。

看著幾乎有自己兩倍大的陌生人，東風沒打算坐下，就是走到對方旁邊，「我只跟你講一句話。」

站在一旁，虞佟看見那個小孩微微地彎下頭，在他們的嫌犯耳邊講了一些話，因爲聲音實在太輕，連他也沒聽見，但是在話一講完後，原本毫無動靜的嫌犯突然轉過頭，陰暗的眼中露出凶惡的流光，接著整個人憤怒地站起身發出怒吼——

「我沒有！」

東風本能地往後退了一步，一旁的虞佟立刻一個箭步上前，將人壓制在桌上，接著虞夏立刻衝進來，接手將嫌犯狠狠按在桌上讓他無法動彈。

「你有。」完全沒改變表情，東風被虞佟保護往後時冷冷地開口。

「我沒有！」再度大吼，鄭仲輝極力掙扎想撲上去，但被小他一號的虞夏按得死死的，完全掙脫不開，只能像卡在陷阱的野獸不斷對他們咆哮，「你根本不知道！說謊！」

「監視器拍到了，你們一直在一起，你在這裡就表示我說的是事實，渾蛋。」放大了音量，東風馬上回應對方的怒火。

「他很安全！」

再度被刺激到的男人更用力地掙動怒吼，讓虞夏不得不和自家兄長交換眼神，讓他先把小的帶出去。

拉著東風離開室內，虞佟關上門後皺起眉，「你和他說了什麼？」

有點乏力地蹲下身，東風用手背擦了擦臉，「我跟他說『你竟然把人留給那兩個人，垃圾』……我學長還活著。」

在旁邊蹲下身，虞佟大致上了解他的用意了，雖然不值得鼓勵沒告知就突然採取這種行動，但不否認這也是個好辦法。不過這樣一來，他們可能得從另一個方向思考了。

嫌犯抓走黎子泓很可能不是出自惡意，從「很安全」的話語與對方憤怒的表現看來，應該是善意居多，保持沉默也應該是要等著擺脫他們。這麼一來，暫時可以不用擔心被綁者的生命，他們還有點時間可以找人。

「你爲什麼確定這句話會有用？」摸摸東風的頭，虞佟緩下聲音，讓對方也跟著慢慢放鬆下來。

「那個人在畫面裡和我學長聊得很開心，學長不會隨便對有惡意的人好，而且他徘徊在附近的樣子比較像是期待碰面、或者不期而遇，這與另外那兩人結伴跟蹤表現出的警戒行爲不一樣。」東風偏過頭，解釋道：「那麼假設他們是不同路的人，只要稍微刺探一下，大致上就可以得到類似剛剛的反應了……只是我不確定，想試試而已，我也不知道他反應會這麼激烈。」

「不過也確定了他知道有兩個人在跟他。」在心中打點一下，虞佟大致上知道應該調整往什麼方向動作了。「對了，你知道黎檢的事嗎？我是指休假的事。」

東風點點頭，「聽說了。」

「有看法嗎？」雖然不是相關人士，但是虞佟有點想聽聽對方的想法。

「你們最好徹底清查，間諜藏得太深了，先支開我學長是正確的。」站起身，東風閉起眼忍住暈眩，等不適過了之後才睜開，「不了解的人做不到那些事情。」

「明白了，你先去休息一下吧，等裡面的人情緒穩定後，我們會再進行訊問。」找出了身上的鈔票和零錢，虞佟放到對方手裡，「順便買個什麼吃一點吧，拜託。」

握著有點溫度的硬幣與紙鈔，東風點點頭，默默地轉身離開。

他都不知道自己爲什麼一直在這邊。

可能，就是想盡快還完人情，快點搬離吧。

這些人實在是太煩了，徹底嚴重地侵蝕他的生活，不讓自己安安靜靜過完時間。

他不懂。

太深入的話，總有一天會再次重複以前那樣的事情吧，他很確定自己不可能有辦法再次承受，所以從那天開始，就決定了自己必須要一個人，不要有任何牽掛和負擔，只要一個空間把自己獨立開來，隔絕外界與空氣，就這樣慢慢地走到盡頭。

這樣比較好。

將硬幣收進口袋裡，他把紙鈔塞進了路過看到的自發性捐款箱，大概是局裡這些人自己放置的，多數是按月把裡面的錢拿去幫助一些轄區弱勢之類的吧。

嘆了口氣，他打開了虞夏的辦公室。

迎接他的是空蕩的室內。

「……人呢？」

□

「不好意思，麻煩你們幫忙。」

接過虞因幫忙拉開的東西，阿柳把好不容易弄開的物品放回證物袋，然後上封條，「剛剛叫玖深幫忙他竟然跟我說他有點被嚇到手軟，又急著要打開，眞是……」

「啊哈哈，不用客氣啦。」乾笑著看了眼旁邊工作室裡的友人，拉掉手套的虞因也很理解，畢竟剛才的場面不算小，一般人被嚇個半死都算正常。

「沒事的話可以先待在我們的休息室，幫你們叫個外賣如何？」知道剛剛發生的事，阿柳開口問道。

「呃、不用了，我們想回去等消息。」虞因搖搖頭，婉拒了對方的好意，他現在實在沒什麼心情做別的事。

「你們在這邊等也可以啊。」從工作室裡探出半張臉，玖深陰森森地看向自家同僚，

「阿柳知道黎檢被逼著放假的事，但死不跟我講，你們可以輪流圍攻他、砲轟他、逼迫他，把他綁在牆壁上放好兄弟咬他，直到他說出來。」

「等等，我就說我也不知道了啊。」阿柳看見兩個小的馬上雙眼放光地垂涎盯著他，立刻反駁。

「哼哼哼……你以爲我眞的會被騙嗎。」巴在門邊，玖深繼續用半張臉瞇眼看，「封口就不去挖實在不像是阿柳的作風，阿柳潛在的陰險成分大概有人體的三分之一，你一定有再去探口風。你去找小歡幫忙和拿資料絕對不可能不套她的話，尤其小歡和顧檢又有私交，才被指定處理。」

無奈地按著額頭，阿柳沒好氣地搖搖頭，「吃不消你耶……這種時候就會變機伶。」

「阿柳哥，眞的有嗎？」其實一直不太清楚黎子泓放假到底是因爲發生了什麼事，也擔心那部分的虞因有點急切地開口：「就算一點點也行，拜託。」

「……休息室吧。」

於是，阿柳還是叫了外送。

將手上所有工作稍微先暫停後，他們進了休息室，玖深把飲料擺在桌上，就安靜了。

「首先，你們不可以透露出去，也不要牽扯到小歡，不然她會有麻煩。」

看著眼前三人都點了頭，阿柳鎖起休息室，然後才落坐，「小歡是告訴我，這些事本來等黎檢回來，就會找黎檢和老大去商議，屆時其實玖深你也會知道，只是在公布之前都不能外流，不然外面怎麼炒都會出問題，檢察長跟主任也打算低調進行。」

「我發誓出了門一個字都不會講，不然……」歪著頭想了下，玖深很勉強地發毒誓，「不然走路會遇到好、好兄弟。」

「我就算不用發誓也會遇到……」虞因覺得自己有點慘。

聿眨著眼睛，等待對方繼續。

「公文被塗血字的事情玖深已經知道了。」阿柳稍微再將那些留言敘述給兩個小的聽，「但是其實那不是問題，明眼人一看就知道是故意惡作劇，肯定無法成爲他倆有什麼關係的證據，清查也僅是個說法。這次的事情不算小，能夠先低調處理多久就多久，一個弄不好之後可能會造成嚴重事態。」

「他們在公文裡到底找到什麼？」玖深皺起眉，立刻進入狀況。他原本以爲清查和放假是處罰，但是現在看起來似乎又不是那回事了。

「手指。」

聽到答案，虞因瞪大了眼。

制止其他人開口，阿柳繼續說道：「在一個飛車搶劫的公文檔案裡搜出了一根女性尾指，脫水乾縮得很厲害，死後離體，鑑定之後發現那根尾指與飛車搶劫裡的女性嫌犯符合。那是一起很單純的案子，情侶嗑藥之後在街上隨機下手搶劫，當場被抓個正著，其中的女性嫌犯僅十六歲，四個月前失蹤。」頓了頓，他環起手，「發現這件事之後，檢察長立即策劃清查，檢察長認爲這應該是凶手要給黎檢的警告，毒物報告回來之後，也發現黎檢當晚其實被打了立即性的毒物，劑量很少，代謝很快，不過也讓他昏迷了一小段時間；但是劑量只要再多一點點，很可能會當場死亡。」

「所以他是在宣示黎檢的命在他手上嗎……」沒想到會這麼嚴重，玖深越來越想去跟女性同僚搶這件案子了。「等等，打進去的？身上有找到痕跡嗎？」

阿柳聳聳肩，「他不是割了黎檢的脖子嗎，雖然乍看之下沒什麼，但是後來再檢查照片時發現有針刺的瘀血，只有一點點，差點就忽略了。」

「原來如此……」玖深表示理解，然後開始思考起蘇彰怪異的行爲舉止。看來他的入侵絕對不是只有開玩笑那麼簡單，肯定還有很多他們沒想到的事。

「請問有那個……女生的相片嗎？」一聽到是十六歲，虞因就有點緊張，也不曉得是不是跟著他們的那個女孩子，但是那個女孩看起來又不像會吸毒搶劫，一看就知道是個很普通、乾乾淨淨的正常女孩。

「有的。」翻出手機，阿柳把相片調出遞給對方。

看了一下，虞因鬆了口氣，並不是那個女孩，相片上是另外一個人，而且臉上還帶著凶氣，讓人很難想像十六歲的女孩子怎麼會有這種仇世的表情。

「我知道的大致就是這些了，這次是真的都告訴你們了。」攤攤手，阿柳表示自己已經被逼問完畢，「剩下的就等黎檢回來再說吧，記得出去之後不要亂講。」

「我發誓講的人會被滅口。」玖深很誠懇地回應。

「喂喂玖深哥，不要連我們的一起發啊。」虞因連忙抗議。

就在玖深要回以更誠懇的話語時，突然有人敲了休息室的門，聲音還頗急切，接著就聽到其他同事的喊聲了：「你們在裡面幹嘛啊？老大在找你們喔！」

打開門，阿柳看著外面的同僚：「找哪個？」

「玖深跟兩個小的，好像是他們那邊找到什麼，要你們快點過去。」

等他們匆匆回到辦公樓層時，正好看見虞夏和小伍正要出去。

「跟上。」

7

他們開啓的是個日租的房間。

一開始屋主並不願意配合，後來不知道爲什麼，搜索票還沒到，對方就乖乖開門了。

這是單一獨立的房間，根據大約四、五十歲的房東表示，租借者一次給清了一整年的房租，所以他就沒特別留意對方平常在幹什麼，總之不要破壞住處的家具，水電正常使用，就算是個好房客。房東頂多知道對方是個高大低調的男人，沒有天天回來居住，再多就沒了。

看著他們還帶了不像警方的人，房東很好奇地多問兩句，虞夏就回以是關係者，不用介意之類的搪塞掉。

「你們在外面等。」吩咐著虞因，虞夏看了眼後面的聿和東風，低聲地說：「阿因你顧好兩個小的。」

「呃……好。」看他家二爸的眼神不是在開玩笑，知道他會帶上他們已經算不錯了，而且還有外人在，的確不能亂來，虞因乖乖地按著聿和東風在門外等。

房間約莫十坪大小，有一床一書桌，固定在牆上的衣櫃以及電視、小冰箱，還有獨立的衛浴設備。

早先一步進入搜索的員警讓開路給他們，然後向虞夏打了招呼就退了出去。

虞夏首先看見的就是桌上放滿的紙張，只須一眼就知道爲什麼員警會通報他們過來這裡了——那是很多的簡報以及相片，上面的人物和報導主角剛剛好就是他們遺失的檢察官。

「跟蹤狂。」套著手套，小伍拿起相機把這些東西一一拍起來，「這好像是什麼狂熱追星族，我還第一次看到有人追檢察官。」

「這裡面也是。」打開衣櫃，玖深看見衣櫃裡的木板全釘滿了類似的剪報和照片，看得他整個頭皮發麻。以前處理過跟蹤狂案件也有這種驚悚感，但是看到這些剪報和照片的主角全都是自己認識的人，恐怖程度又提升了不少。

衣櫃裡沒有衣服，拉開下層抽屜，裡面放滿了幾包塞滿的大型牛皮紙袋，倒出來後也是各種與黎子泓相關的資料，剪報幾乎涵蓋各大報，整理成好幾本；讓玖深感到可怕的是，他好像還看到了大學時代的照片，而不是社會新聞版上附的。

「這裡不是他平常的住處，只是擺放東西和偶爾休息的地方。」環顧了下房間的使用狀況，虞夏皺著眉翻開床墊，下面果然也塞了不少相似的資料。稍微翻看了下，不少剪報是外縣市來的，有些後面還有當地的廣告，部分已經泛黃，看來那個男的住處非常不固定。

「老大，我都起雞皮疙瘩了……」蹲在地上看著大疊剪報，玖深越看越毛。

「我女朋友以前也被跟蹤狂跟過，你們應該慶幸還好這裡沒翻出內褲什麼的，那才眞的會起雞皮疙瘩。」小伍很認眞地表示，「我女朋友大學時被偷過內衣內褲還有垃圾……」

從小伍的後腦揍下去，虞夏終止手下的廢話，「這個人不是那方面的跟蹤狂。」

「但是還是很恐怖的那方面，你們看。」固定了頁面，玖深指著上頭比較新的報導，是前不久他們辦的案子，正好就是康哲呂那件，黎子泓那時還劃傷手，上面的相關報導中也有部分人員和嫌犯的照片；詭異的是，康哲呂等相關嫌犯的臉都被用紅筆塗滿，再來往前翻了幾頁，也有一些案子的嫌犯被塗掉臉，不是紅筆就是黑筆。

「你們也看看這個。」從紙袋中抽出本週刊，週刊標題被割得破爛，小伍一翻開，裡面幾乎被撕毀得亂七八糟，「我記得這本，四年前其他縣市某件案子低調調查時被批得很慘……事後是澄清了，不過在那前兩個月，從檢調到警方都被罵得亂七八糟，這本週刊裡也寫了很多壞話。」

「你怎麼知道？」接過週刊，虞夏倒是不太關心這種事，頂多當下撕掉報紙而已，事後就會忘得差不多，反正這種工作最不缺的就是被罵。

一提到這件事，小伍就幽幽地開口：「我當然知道，那時候我還在警校，看到這種報導肝火都快從頭頂噴出來了，就把週刊丟到牆壁上。後來一整個月，只要有蟑螂出現我都用這本週刊砸蟑螂。」那陣子也訓練出他快狠準的瞄準力，教官都誇獎他打靶變更好了。

「我懂我懂！有時候看到罵得太超過的，我也會揉成一團！滴油！燒掉！」玖深握緊拳頭，很憤慨地認同。

捲起週刊，虞夏往兩個笨蛋腦袋上叩叩兩聲一人送一砸，「你們平常是吃飽太閒嗎！」

摀著頭，小伍和玖深痛到直接蹲在地上起不來。

翻開了週刊，重新檢視之後虞夏發現週刊上只有一頁是被小心翼翼地割走了照片，文字部分則是同樣都被破壞掉了。他想了下，覺得大概不用特地去查，也可以猜出被割走的是誰的照片，「照完之後全打包回去。」

走出房間時，虞夏看見那個房東就站在那邊等他們，「警察先生，有什麼問題嗎？」

「沒有，我們等等就會離開。」轉過去果然看見三個小孩也在一邊等，難得的聽話讓虞夏稍微有點安慰，不過很快他就注意到東風的眼神不太對，直盯著房東看，「怎麼了？」

沒有回答他的話，東風突然就比了幾個手勢。

虞夏愣了幾秒，才驚覺到對方是在朝他比手語，他的手語程度沒有很好，雖然以前因爲案子需要學過一點基礎，但是並不精通。

接著他的手機響了，拿起來發現是聿發的簡訊，上面寫著：「意思是說，那個房東的身形和監視畫面其中一人很像。」

默默地收起手機，比起追究東風幹嘛不發簡訊而是比別人不一定看得懂的手語，虞夏直接轉過頭，看向一旁的房東，「可以請問一下你住在這附近嗎？」

「咦、咦？我是住在這、這附近，有什麼問題嗎？」房東有點結巴地回道。

對方的表情和語氣變化很不自然，虞夏立刻起了疑心，「可以借一下你的證件嗎？」

「老大，我們……」

事情就發生在小伍走出來、打斷了緊繃氣氛的那瞬間。

房東突然整個人爆起，用力扯住最靠近他的虞因的後背包，然後把人往前一推，接著整個人往樓梯外逃竄。

拽住虞因，虞夏把人往後一丟，「照顧好他們！」接著就追著房東衝出去。

晚了一步追出去，虞夏只看見房東在對向跳上一輛車，接著車子就以極快速度衝了出去，轉出街道消失在另一端。

「老大！」

幾秒之後，小伍跟著從後面衝出來。

「馬上通知中心。」

□

「車子是贓車。」回到局裡沒多久，小伍就收到訊息了，「弟兄們在幾條街外找到車子，是兩天前報遺失的車。」

「房東那邊是什麼狀況？」看著帶回來的資料影本，虞夏問道。

「轄區弟兄們找到眞的房東，說是有人闖進他家把他打了一頓，逼問房客狀況且搶走備用鑰匙，他也不知道是怎麼回事。現場先到的那位學長說他本來要碰運氣看看能不能問到附近的鄰居，是剛好碰到自稱房東的人正要開門，他才趕快打電話叫我們過去的。」

點點頭，虞夏表示知道了。

「好了。」將手上紙張轉向，畫好素描的東風把人像畫推過去，「這樣應該可以用吧。」

看著栩栩如生的人像畫，小伍接過後馬上跑去發布協尋。

「你們還剩下幾個地方沒有找到？」按著有點悶痛的胃部，東風緩緩地吐了口氣，然後看向桌上攤開的資料。

回到局裡時，因爲聽見顧檢的人又來關心狀況，所以虞因帶著聿先回虞夏的辦公室，虞夏幾個人則是先轉進會議室查看資料，看看能不能盡快找出點什麼線索，玖深整個人也縮回他的工作室，現在是虞佟在應付對方。

「大概還有三處，其中一個在大樓裡，大樓之前發生過火災，所以荒廢得有點嚴重，只剩下幾個住戶，根本沒辦法提供線索，加上樓層空戶不少，還在一戶戶清查與聯繫；另外兩個在等搜索票。」多少有點焦躁的虞夏壓下了不爽的怒意，他其實很想進去踹翻那個嫌犯，看要拔指甲還是拔腸子逼對方快點開口，這些資料他真是越看越火大。

「保護者。」大致上看過桌上的剪報，東風淡淡地開口：「他認爲他是保護者。」

「對，所以他才把黎檢藏起來。」虞夏撥開那些剪報，「他敵視的都是黎檢的對手，從嫌犯到官員、律師都有。」仔細地看過被塗掉的相片，加害者委任的律師也在被破壞的行列中，而且案子越大的越嚴重。

「那麼他就會藏在沒有人可以觸碰又偏僻的地方。」

「大樓裡。」

和東風交換個眼色之後，虞夏拿著手機出去調派人員。

繼續翻看桌面的各種資料，正想排出時間點時，東風突然聽見開門聲，還在想虞夏動作眞快，卻看到完全不想見到的傢伙出現在一邊。

「呦，聽說我前室友是被跟蹤狂盯上了。」關上門，嚴司懶洋洋地走過來，翻了一下桌面上的紙張，「該不會你們下一個驚爆點就是我前室友其實是個女的，只是代父從軍之類的吧？這樣接下來我就會開始考慮要不要去檢查眼睛了。」

「你有沒有發現，你情緒變化的時候，胡言亂語的程度會比平常高。」斜了眼打擾者，東風冷冷地開口。

「我想應該是沒什麼變吧，不過小東仔你有這麼注意我嗎？居然連平常是如何的都一清二楚啊……嘖嘖，眞意外。」拉過椅子坐下，嚴司拿起桌上的紙張，「這不是大檢察官以前在學校被刊好人好事的什麼鬼學生專刊嗎，跟蹤狂怎麼連這種照片都拿得到手啊。」看他前室友那時候多年輕，起碼還沒有白頭髮，整個就是一臉會從幼苗成爲未來棟梁的樣子。

「學校的刊物可以從圖書館或是社團拿到備份或是借出影印。」頓了頓，東風有點煩躁地回答：「不過從其他剪報的年代和泛黃程度來推算，即使沒有跟蹤，他也已經注意我學長不短的時間，最早很可能是從大學時代開始吧，斷斷續續他有一些時間蹲在籠子裡，可以用這些剪報和蹲籠時間做交互比對。」

「但是你們還是沒動機吧，眞不知道那傢伙啥時候啥原因盯上大檢察官的，那傢伙學生時代根本是個標準宅，那時蹲宿舍窩電動的程度比現在還要高等，宅你應該懂吧……啊失禮了，我忘記你比他還宅，唉。」他竟然跟一個宅雕刻的說另一個宅電玩的，嚴司抓抓頭，感嘆了一下自己的腦袋打結。

根本懶得回對方的東風繼續看手上的資訊。

「嘖嘖，做人何必這麼不友善，好歹我以前也關懷過你一陣子啊。」

「……你最好不要再提那件事。」一想起最後一次這個渾蛋做過什麼害他連夜搬家，東風突然起了一肚子殺意。不，說只有一肚子還眞是太便宜他了。

接著兩人又沉默了半晌。

「你應該知道我前室友正想重啓你的案子吧。」

猛地抬起頭，東風瞇起眼，冷冷地看向對方，「這不關你們的事。」

「當然關啦，我前室友的事就是我的事，我看過當年的……」

砰地一聲，重擊桌面的聲響打斷嚴司的話。

「不要攪和進來。」站起身，東風不帶任何表情地看著對方，「會死的。」

「你……」

都還沒講點什麼，會議室的門突然被打開，送走人的虞佟探頭進來，終止了室內僵硬冰冷的氣氛。

「你們有看到阿因和小聿嗎？」

□

時間往回推一些。

再度回到辦公室的虞因和聿各自做著自己的事。

虞因一回來就發現背包拉鍊被那個假房東給扯壞了，心痛了有半晌，因爲又要找時間花錢買新的……這個包包他才剛用沒多久，但是主拉鍊都扯到開口變形了，不換好像也不行，這樣開開的很容易被偷。

又過了一會兒，聿就跑出去買吃的，留虞因自己一個人關在裡面上網搜尋有沒有什麼斷指的相關新聞。

有點無聊地繼續等待，就在想偷翻虞夏桌子看看有沒有什麼時，他突然瞥見了角落暗處的人影。不是骷髏，也不是那個紅眼小黑影，而是非常熟悉、已出現好幾次的那個女孩。

「……今天是阿飄聯歡派對嗎？」一個接著一個，從早上到現在，難道外面有抽卡機叫號嗎？

有點喪氣地趴在桌上，虞因看著眼前的女孩。

他始終不知道這個女孩究竟有什麼目的，既不說自己的死因，也不帶他去找屍體，更沒有給過他明確相關、屬於她本身的資訊。

不過這次女孩似乎與先前出現過的樣子有點差異，變得有點淡，而且有些暗黑的顏色。

虞因知道這個狀況，上次那兩個小孩變這樣的時候他差點完蛋。

「我該怎麼辦？」他還不知道對方到底找他要做什麼，但是肯定需要什麼幫助。

接著他聽見了某種細微的聲音，低頭看見了桌腳下滾出了一小塊灰白色的東西，這讓虞因覺得後腦麻了一下，他不用想也大致看得出來那是什麼，只是不清楚這是本來就在虞夏辦公室裡的，還是跟著女孩而來的東西。

還沒抬頭，黑色的影子就出現在他身側，虞因只好硬著頭皮，慢慢地將手伸向那塊東西，在手指觸碰上的瞬間，他聽見了淒厲的尖叫聲，聲音非常短暫，幾乎只存在剎那，很快就消逝了。

那一小塊東西比他想像的還冰冷，幾乎和冰塊一樣，握進掌心時，有種刺人的寒氣直接竄進皮膚裡，還沒意識過來，他突然發現那個女孩變得清楚多了，而且黑色的影子也退了不少，就和之前看過的一樣。

看著他，女孩緩緩抬起手，指出了一個方向。

「對不起，我現在不想離開這邊，我在等黎大哥的消息。」握著那塊東西，虞因嘆了口氣，反正能爆的玻璃上一次已經爆得差不多了，這個要抓狂應該不會再碎一次。

女孩空白的表情沒有任何變化，只是微微地偏過頭。

下一秒，虞夏桌上的各種檔案和公文突然整個像被人推倒一樣啪地全甩在地上，白色的紙張散開一地，還來不及慘叫，虞因就看見那些紙裡掉出了照片，是黎子泓的放大相片，應該是搜索時使用的，那張照片就落在所有文件的上面。

下意識彎身想要撿起，還未碰上，照片就從虞因的指尖前滑出，停落在門前。

「妳知道黎大哥在哪裡？」虞因愣愣地看著女孩，她依舊比著未知的方位，灰白的眼睛回望他。

有時候，在最沒有辦法的狀況下，寧可相信不確定的事物。

一旦下定決心，虞因立刻整理了東西，在聿提著一大包甜食推開門返回時拉著對方就往警局外跑。

他們只需要一個機會。

□

他再次醒過來。

周圍還是一片完全的黑，這次連微光都看不見了，只覺得頭部異常疼痛，像是有人一刀一刀地重複刮著傷口。

黑暗中非常安靜，什麼聲音都沒有，離開的人還是沒有出現，他可以碰到滾落一旁的水瓶，能意識到自己的喉嚨燒灼疼痛，但是沒有力氣將瓶子撥過來打開。

有某種東西突然出現在他身側，非常冰冷，形體不大，慢慢地摸上他的手臂。

那是很小的手掌。

觸碰到人體後，小手突然又縮回黑暗中，存在感整個莫名蒸發了，像是幻覺一樣。

他必須保持清醒。

身體各處傳來異常的痛與異樣感覺讓他隱隱知道，這次若閉上眼，很可能就沒有再睜開的機會了。

得維持思考運作才行。

一邊努力想著能讓自己生出力氣的事，他一邊努力支撐著往周圍摸索出口。

能把他藏到這裡，應該會有個足以讓成人通過的出入口，而且這個位置或許不會太遠。

就在確認身邊的牆面和下方沒有開口之際，他再度聽見了底下傳來窸窸窣窣的聲響，有人在下面撥弄東西，接著聲音轉大，不知道是什麼家具被推倒、摔翻的巨響，然後是類似潑水的聲音在房內轉了一小圈。

「喂喂，這樣眞的沒問題嗎？」

再度傳來的說話聲是之前那兩人其中之一，他停下動作，靜靜地伏在原位，很顯然，下方兩人有主從地位分別，另外一個開槍者肯定是較強勢的主導者。

「等警察找到就來不及了，那傢伙最後來的地方是這裡，那就一不做二不休，全部一起處理掉。」

「萬一另外那個人眞的還在這裡……」

「那最好，一併解決了，他搞不好也知道這些事，你還等他去報警嗎！」

「可是……」

「閉嘴！誰教你被警察起疑！」

然後聲音遠離房間，但是那種潑灑的聲音並沒有停止，隨著他們一起移動而遠去。

接著，他感覺到四周溫度似乎上升不少，底下也出現許多雜音，像是大量燃燒著什麼，黑暗中傳來了煙味，並逐漸轉濃。

無力地咳出了聲音，他知道必須快點離開這裡，在熱度還未加速上升時得爭取逃離的第一時間。

冰冷的小手再度伸了出來，抓住他的腳踝，似乎不打算讓他移動到更遠的地方，還強硬地想將他拉回原位。

那種東西超過他的理解範圍，而且掙扎了幾下仍擺脫不掉，寒冷的感覺蔓延開來，壓下了浮上來的熱度，但是燃燒的聲音並沒有停止，從縫隙竄上來的煙也越來越多。

這種時候，一想到會比某人早死他突然覺得非常不滿。

正想做點什麼盡量保留證據時，原本趴在他腳上的東西突然變得很有存在感，幾乎可以感覺出形體。

還沒意識到這代表什麼意思時，黑暗中突然傳來銳利的尖叫聲，像是小孩般的淒厲慘叫從他腳邊傳來，接著他的力量在那瞬間跟著消失，接著四周馬上陷入了一片強烈熱度，以及隱約可見的火光之中。

火光中，他看見模糊的少女面孔從他身旁急速掠過，一閃即逝。

然後，是不遠處的牆面傳來撥動聲響，喀啦幾聲被往旁邊拉開，原來那是長得和牆壁非常相似的暗門，一被打開馬上透進黯淡的光線和熟悉的叫喚聲。

「咳咳黎大哥……我咧靠，怎麼會在這種鬼地方，不是鬼還眞的找不到這裡來……小聿你在下面接著，如果火燒進來你自己就先快逃。」

他伸出手，被人握住，屬於人類的那種溫度，接著對方猛力一拉，徹底將他從黑暗中拉出來，帶著熱度的氣流立刻迎面而來。

「還好暗門是在隔壁……怎麼傷得這麼嚴重？黎大哥你可以聽見我講話嗎？」不等他反應，對方抓緊時間，努力地把他從暗門處給連拖帶拉地弄出來。

他被拉出後，發現暗門外是個很狹窄的小隔間，看起來是用來當儲藏室或倉庫的，一旁扔著氣窗般的框；腳下墊著很多雜物的青年小心地支撐著他，然後慢慢把他弄下來。

快要離開那裡時，他其實還感覺到後面有東西一直扯著他不讓他離開，像是某種野獸般憤怒的吼叫聲，接著是一股風颳過，一大團的物體被撞開來。

「放心，安全了。」

□

虞因在發現女孩要帶他們去的地方有點距離之後，幾乎是毫不考慮地招了計程車，然後硬要對方開快車帶他們到目的地。

看他慌張的樣子，聿也沒有多問，跟他一起翻找身上的錢包，將大鈔都遞給司機。

本來還有點抱怨的司機一接過錢，馬上就衝很快了。

幸好女孩所指向的方位沒有眞的太遠，加上司機很配合地鑽小巷火速趕路，大約在十分鐘後他們就被帶到了一棟半廢棄的大樓前。

虞因知道這地方，之前似乎曾發生過火災，之後住戶搬走不少，大樓裡差不多都沒人了，只有幾家不死心地繼續住，聽說也有遊民住在空屋裡，前不久網路上還有人吃飽撐著徵召什麼探險隊，流傳一堆有的沒有的鬼故事。

大樓外有警車，也不知道是怎麼回事，但是他看見幾張熟面孔。

爲了不打擾員警就和聿匆忙從另一端繞路衝進去，看見遠處有兩個人從另一邊跑出去，因爲在趕時間，也沒特別注意，以爲大概是住戶之類的，便筆直朝女孩指示的樓梯衝上。

最後，女孩帶他們來到七樓。一爬上樓梯虞因就感覺不對了，有股很濃的汽油味從旁邊的屋裡傳出來，未關上的房門後是正在熊熊燃燒的火焰，火勢很快就蔓延出客廳，火線筆直沿著汽油拉出到樓梯附近，還有點狀的小簇火焰到處燃燒。

「在哪裡！」

女孩一轉身，消失在一旁的小雜物間裡。

撞開雜物間的門，裡面眞的非常小，一抬頭，虞因看見了蒼白的手指從上方通風口中伸出，那個通風口實在大得不太自然，所以他毫不猶豫地墊好腳下，直接開始拆開窗格，接著馬上發現這根本是活動式的，不但沒鎖死還很容易拔下來，最後出現在他面前的是道暗門。

沒時間讚歎竟然有人在現代大樓裡改裝這種暗門，虞因拉開門，先冒出來的是煙霧，一股風吹過去，把那些煙霧吹散開來，然後他看到了黑色的小形體在裡面衝著他怒吼，赤紅色的眼睛就像之前一樣，露出強烈的惡意。

女孩撞開了那個黑色的東西，接著他看見了被黑暗完全包覆的隔間內出現了熟悉的面孔，然後他伸出手。

後面的聿連忙也跟著伸長手，幫忙他把黎子泓從上面的隔間拉下來。

黎子泓傷得很嚴重，除了左額上有一道很大、不知道被什麼打出來的撕裂傷之外，手腳也都有擦傷和大小片瘀青，衣物已經被換過了，和他平常穿的類型不同，反而和被抓的那個嫌犯有點相似。最引起聿注意的是他肩膀上的新傷口，明顯是換過衣服後才受傷的。

「這個傷是怎麼回事？」張開手，虞因看著一手的血。

「槍。」撥弄著衣物，聿在看見傷口之後馬上確定。

「槍傷？怎麼會有槍傷……算了，先快點離開這邊，不然火太大了。」看著已經蔓延到雜物間附近的大火，虞因被濃煙嗆了幾口，然後在聿的幫助下用力揹起人，踢上了這屋子的門，在大火完全吞噬那樓層前下了樓梯。

下到五樓後，外面已經起了騷動，可以聽見群眾叫喊的聲音，以及遠遠、消防車即將到來的鳴笛聲。

他們下樓時看見了兩、三個應該是住戶的人急忙跑出，有個笨蛋竟然還想去按電梯，還沒制止他，那人就看見電梯門的縫隙冒出細小火舌，接著馬上轉向樓梯跟著逃離。

隱約猜得出來縱火者肯定把剩下的汽油往電梯倒了，火勢才會燃燒得這麼迅速。

衝出大樓時，幾個消防員搶上前來將他們快速拉出去，接著來了兩個人把黎子泓接過去，帶進了救護車，他和聿也被快速地推了上去，可能是他看起來比較大，救護員拉著他開始詢問各種資料。

他記得在一片混亂中回答了聿不會講話和請他們先搶救，自己撥了電話回警局向虞夏報告這邊的狀況，然後就把手機丟給救護員他們去問了。

救護車離開前，虞因瞥見了在人群中的最後方有兩個陌生又熟悉的人影，那是進大樓之前看見的兩個人，但是距離太遠了看不太清楚，只覺得都有點年紀。

接著救護車就駛離了。

大部分時候，自己上救護車時都是躺著的那個，現在居然坐著……虞因想給莫名有這種想法的自己一巴掌清醒。

到達最近的醫院之後，黎子泓立刻被送進急救。

讓聿在外面等待，虞因拿著手機走出急診室，正想先去寫一些資料和再打通電話回報一下現在狀況時，他赫然看見女孩站在走廊上，身邊還有穿著病患服的小孩在她旁側繞圈圈。

她微笑了下，消失在空氣中。

接著傳來失去小孩的家屬痛哭聲。

他真的，不喜歡醫院。

8

虞佟和嚴司來得很快。

沒有先逼問他們又去幹嘛，兩人直接找上了負責的醫生，表明身分後，對方就讓他們進去了解狀況和採證。

虞因和聿就坐在走廊邊的椅子上，突然發現東風居然意外地沒有一起來，也不知道是不是又怎麼了。

「你要喝的嗎？」稍微咳嗽了下，虞因覺得喉嚨有點怪怪的，啞著聲音問向一旁的聿；後者搖搖頭，紫色的眼睛有點憂慮地看著他，「沒事，大概是被那個煙嗆到。」剛剛緊張沒發現，現在一鬆懈下來才覺得可能有點嗆傷，不過沒什麼影響，應該很快就會好了。

拍拍聿的肩膀，他站起身，去找附近的販賣機或醫院附設的商店。

因爲在大樓那邊鑽雜物間又揹著黎子泓跑，身上髒髒的還沾上一些斑駁的血跡，所以繞出去時遭到幾個人的側目，虞因也只好無視那些好奇的目光了。

很快地，就在大廳裡找到商店，旁邊還有小型的咖啡店，他想了想，走進便利商店打算買個礦泉水之類的。

虞因拿好東西在飲料櫃前一轉頭，猝不及防地差點被嚇個半死，整個人反射往後彈開，撞到了飲料櫃還砰地聲。

那種沒肉的骷髏突然又出現在他面前，而且這次是三具，有男有女……他被東風影響了，竟然先看了人家的下面才抬頭。

咳嗽了幾聲，虞因瞥見店員奇怪地往這邊看，他也只好硬著頭皮貼著飲料櫃，從骷髏旁邊繞開，慢慢往櫃台那邊走，但是餘光很不妙地發現那幾具骷髏竟然跟了上來，用很怪異的方式踏出腳步，邊動骨架邊掉下來泥土和乾枯的雜草。

他原本以爲又是幻影，但立刻就發現不是，因爲櫃台後的店員也愣住了，呆呆地瞪著地上平空出現的泥土，接著拿出了智慧型手機——

不知道該不該讓開給他拍，總之虞因是讓了，還有點沒良心地站在比較出口的位置。

那些骷髏一見他停下腳步，也跟著停下，深深的大黑洞全都轉向他這邊，讓虞因全身雞皮疙瘩立了起來。

所有事情就在店員按下拍照鍵那瞬間爆發。

像是被什麼驚嚇，骷髏猛地轉開頭骨，怪異的尖嘯聲從他們空洞的骨骼中傳出，下一秒，所有骷髏都消失了，虞因從冰箱的玻璃上看見了黑色的倒影。

店員手上的手機則在那秒整個炸開，不管是螢幕還是裡面的零件全都爆了，然後是冰箱的玻璃，接著電燈，在商店附近的人全被嚇了一大跳，瞬間整座大廳安靜了下來，只剩店員被爆裂波及的哀號聲。

幾名護士匆匆跑來幫店員做緊急治療。

那瞬間，虞因確定了，也懂了。

這次的鬼有兩批。

想要尋求幫助的，還有對他們有著強烈惡意的，所以才會有想要幫忙又威脅他們的狀況發生。重點是，惡意的顯然比較強悍，只要對方一有動作，就對他們出手攻擊。

「快離開這邊，太危險了。」

幾名保全把他拉到一旁，接著商店就被人隔離了。

如果他沒看錯，那個黑色紅眼睛的和火場中的是同一個，也就是這兩天一直看到的……

那麼這個阿飄究竟是針對他們來的，還是有什麼特別關聯？

感覺上好像是針對他們，但是出現的時間點和骷髏差不多，或者他們也有關聯？

但是骷髏是因爲一太給的資料才找上他，那麼黑的也是因爲這個關係嗎？

不太對勁，似乎串不太起來，找到黎子泓時，那個黑的很明顯是在攻擊黎子泓，而且看起來已經有點時間了，如果是因為一太的資料找上他們，沒道理快了一步糾纏上前幾天被綁走的黎子泓。

應該有個什麼聯繫，只要他們找出來。

在一旁咖啡店買了瓶裝水，之後回到走廊上就是漫長的等待。

過了有段時間，虞佟先走出來，然後在他們旁邊坐下。「雖然很想問詳細，但是我必須先趕回現場了解火場狀況，晚一點小伍和玖深會過來，你們務必要看好嚴司，別讓他離開醫院。」

「嚴大哥怎麼了嗎？」虞因注意到剛剛嚴司來的時候還跟醫生打了招呼，八成又是什麼學長學弟或是相關的朋友吧……他認識的人還真不是普通地多。

「嗯……用你二爸的話來形容，『現在讓他跑回去，嫌犯可能不死也重殘』。」虞佟還真不想仔細去思考某法醫可能會有多少整死人的手段。

「……懂了。」也覺得背脊涼了下，虞因看了眼緊閉的門扉，「黎大哥還好吧？」

「不曉得呢，延誤送醫太久了。不過確定槍傷部分比較幸運，子彈似乎先打上別的東西削減了力道，沒有造成太嚴重的傷害。」沒有說出口的是，醫生告訴他們，頭部與身上的傷勢發炎得很嚴重，但似乎有人每天定時擦拭和做基礎藥物處理，才沒有感染得太糟糕，只是也沒好到哪裡去，更別說頭部的創傷，還不清楚會影響到什麼程度，「你們自己小心點。」

「好。」

□

「安全送到醫院了，現在正在搶救。」

掛掉手機，虞夏轉頭看著一邊的東風，後者正在和一旁的嫌犯大眼瞪小眼。

「我在保護他。」發出低低的聲音，鄭仲輝看著眼前的男孩，語氣非常不滿，「就跟以前一樣，你們破壞了……破壞所有事情……我好不容易才甩掉他們……」

「就現狀看起來，你比較像是在慢性殺害他。」拉過椅子，虞夏直接坐到東風旁邊。被激怒過後離開偵訊室安靜了一陣子，他們的嫌犯反而會主動開口了，「黎檢應該跟你沒仇吧。」

「我在保護他。」重申了一次，男人極度不悅地回答：「如果不是你們，我們現在都很安全。」

「你用什麼立場保護他？」打開手上的檔案，虞夏看著整理出來的記錄，「根據我們的監視器畫面，我相信你已經跟蹤黎檢不短的時間，甚至還停留在他工作場所、住家外很長的時間。對我們來說，你才是比較危險的那一位，更別提在你家起出的那些剪報。」

「……」

想了想，東風偏過頭看著虞夏，「我可以單獨和他談一下嗎？雖然不合程序……」

「他有攻擊性。」這就是虞夏會坐在這邊的原因。

「你一百公尺跑幾秒？」

「十秒左右，怎麼了？」

「什麼速度……好吧，這樣的話你站在門口外面，他如果跳起來攻擊我，按照這個距離，你應該可以馬上就到了。」

虞夏瞇起眼睛，「有這種必要嗎？」

「或許也沒有吧，只是純粹想聊一下。」

「……有危險我會馬上過來。」

看著虞夏走出門口，東風轉回過頭，看著對自己懷有強烈敵意的高大男人，於是他調整了坐姿，放鬆地靠在右側，「你應該看得出來我不是警察，也不代表警方。」

鄭仲輝握了握拳頭，就算離開一段距離，門外的人還是個威脅，他稍早就體會過外面那個有孩子面孔的青年不是省油的燈。

「附帶一提，外面那位警察先生年紀比你想像的還要大。」拿起桌上的杯子在手邊把玩轉動著，東風留意到對方的目光，然後將另外一個杯子推過去，「放鬆吧，想殺我的機會多得很，前提是你不要反被我殺掉。」

「……」沒有取過杯子，男子盯著對座的男孩，「你們沒有證據，我隨時可以離開。」

「你很確定沒證據嗎？」

「你們絕對不會有錄影證據，那棟燒起來的大樓如果想說跟我有關，就先找到證據再說。我收集剪貼只是個人興趣，有人規定不能崇拜檢警人員嗎？」

留意到他在講這些事情的時候態度反而變得比較嚴謹，不像之前的暴怒或是反覆不定，如果是現在這種態度，恐怕他也會全盤否認保護那段時間所發生的事情。咬著杯子邊緣，東風伸出手指，「這樣吧，我換一個我們雙方都能好好溝通的話題。現在的事實就是你差點害死一個重傷的人，即使不是因爲傷重死亡，也會在今天被燒死，如果不是我們的人去得夠快，剩下的就是一把灰。」

「我在保護他，你們什麼都不知道！」

面對再度被惹毛的男性，表情絲毫不改的東風按著桌面，手掌感受到無機材質的冰冷，「喂，你知不知道，現在是你把我們的人給剝奪了，這個人對很多人來說都很重要，所以你沒資格生氣，你懂嗎？你最好收斂起火氣，五分鐘裡我們可以好好聊一聊，或者你可以就這樣過完你人生最後五分鐘。」他往門口瞄了眼，勾起唇，「你不可能在警察衝過來之前就讓我斷氣，但是我有把握在你斷氣時，門口的警察還不知道裡面發生什麼事，當然那兩個人的事情，你死了也永遠管不到。」

看著對方深沉的眼睛，鄭仲輝沉默了幾秒，才伸手握住杯子，「我的確在保護他，我不可能對他不利。」

「據我所知，我學……黎檢和你並沒有任何交集。」雖然是這樣說，但是東風知道黎子泓和對方一定認識，不然就不會有那三天的面談。

「他有，只是沒有人知道。」鄭仲輝用力吸了口氣，「他們一定也發現了，所以才要燒死他。」

「他和你是什麼關係？」

「我是他哥哥。」

那瞬間，房內的燈突然閃爍了下，整個失去光線。

明明是白天，但在那一秒，整個室內隨著消失的光源陷入一片完全的黑。

東風抬起手，連自己的手指也看不見。

接著，他感到溫熱的氣息出現在他身後，以及與剛剛不同、冰冷無溫到詭異的語氣——

「你錯了，我們有辦法在五分鐘內殺了你。」

虞夏是在燈光熄滅那瞬間衝進室內。

他一進去就發現不對勁，室內太黑了，不像普通燈光熄滅的樣子，更何況外面還有燈，對有窗的空間來說，不太可能會有這種近乎深夜的無光。

雖然完全看不見東西，但是他聽見的聲響足以讓他判斷該如何行動。

於是他在黑暗中準確無誤地扣住已經摸出來的高大男人，在對方要掐死小孩之前用力地將他反折雙手按在地上。

光在那瞬間重回房內。

沒有破碎的日光燈閃爍了幾下，又亮了起來。

第一眼看見的就是被自己壓制在地、還想掙扎的傢伙，虞夏完全沒得商量地把對方腦袋往地上一砸，咚地聲，讓他暫時無法抵抗。接著看見的就是連人帶椅被撞倒在地的東風，

「你沒事吧？」

慢慢地從地上爬起，東風按著被撞痛的肋骨呼了口氣，然後搖頭，「沒事。」

看他好像真的沒問題，虞夏才稍微放心，接著也發現被按住的傢伙又開始掙動了，他乾脆再往對方腦後補一拳，「老實一點！」

「你也錯了，我確實可以做到我說的事。」扔下話後，東風逕自離開室內。

等到小的離開之後，虞夏才發現鄭仲輝的脖子上有條血痕，幾乎就刮在頸動脈上方，但是不深，只是表皮傷，還帶有點顏色，往旁邊一看，看見了滾落在一邊的原子筆，估計是在兩人摔倒時的糾纏，才讓筆尖劃了一道。

「站起來。」

將人從地上扯起，他發現比他高大一圈的傢伙竟然隱隱顫抖，然後發出怪異的低語——

「不是我……不是我……」

□

嚴司出來已經是滿久後的事情了。

一整天下來，實在很累的虞因等著等著就窩在椅子上睡著了，讓一旁看書本的聿給推醒。他揉揉眼睛，拉了拉痠痛的筋骨，站起身迎向完全看不出目前心情如何的某法醫，「黎大哥呢？」

「等等轉加護病房，還不知道哪時候會醒，這兩天比較危險。」懶得說明，在外面旁觀的嚴司轉頭看著後方跟出來的手術醫生，「如果沒醒，只好砸了這傢伙的招牌先。」

「喂喂，這是對休假接到電話、用最快速度趕來，被強迫立刻上工的朋友該說的話嗎？」還未拿下口罩，隨後出來的中年男性往嚴司後面踹一腳，「沒想到會看到小黎被送過來，你們的工作有這麼危險嗎？」

「大概就是被壞心巫婆虐待了三天，本來不嚴重的都變嚴重了。」聳聳肩，嚴司接過對方遞來的檔案夾，翻看了下，「腦震盪……應該不會變更笨吧……都夠笨了唉。」

「我還以爲你會問那些瘀青的事情。」看了虞因和聿一眼，醫生拿下口罩：「這兩位……」

「自己人。」嚴司抽出了照片，遞給他們。

那是好幾張局部拍攝照片，從火場衝出來時因爲太過緊急，所以虞因根本沒發現有這麼嚴重，現在拿到照片，才赫然看見黎子泓身上有非常多瘀青，幾乎都呈現黑紫色，大多是在手腳上，不過背部也有一些，但是這都不是重點，最詭異的是，這些瘀痕全部呈現手掌的形狀，密密麻麻地抓握住手腳的樣子，讓人不寒而慄。

「一剪開衣服就嚇到我們的護士和團隊，這到底是什麼案子？」當時也被這些痕跡愣了有幾秒說不出話來，醫生嘖了聲，說道：「有部分區域出血還滿嚴重的，幸好都在可恢復範圍。」

「這還眞勾起了我和被圍毆的同學第一次見面的遙遠回憶。」嚴司看向虞因，想起了輝煌的當年。

聽著答非所問的話，醫生還眞想給對方一拳頭，「有通知小黎父母了嗎？」雖然不想詛咒自己認識的人，但是這種狀況的確需要有親人在旁邊簽署一些必要文件。

「說了，不過他們人不在國內，交辦事務趕回來要一段時間，要我幫忙先照顧。」也和對方家長很熟的嚴司接回了相片，和檔案一起還給醫生，「所以我暫時會寄居在你們的病房，不用太感謝我的付出。」

「……隨便你，你欠我一次。」看了下時間，醫生向虞因兩人打了個招呼，就先匆匆去忙其他事了。

也不知道對方到底是什麼身分，不過虞因有聽到護士叫他主任，看來地位不低，所以他有點鬆了口氣，接著突然想起虞佟的話。「嚴大哥你應該都會在這邊吧？」聽起來應該是不用擔心他會跑回警局？

正在思考事情的嚴司轉頭看向旁邊兩個小孩，挑起眉，「用這種方式問，被圍毆的同學，你是很不想我離開這邊嗎？」

「呃……只是確定一下。」虞因連忙搖頭，「要不要去幫你們整理一些行李和換洗衣物之類的？」他跟聿也得換掉身上的髒污。

「也好，那就麻煩了，我前室友的衣服收在我家櫃子下面第二層。」翻出鑰匙，嚴司遞給虞因，然後冷笑了下，「還有，我不會馬上回去剁了那個嫌犯，你大可以叫佟和老大他們不用擔心。」

「……」他有表現得這麼明顯嗎？虞因摸摸自己的臉，都不知道是從哪裡洩露的。

「攻擊我前室友的不是那個傢伙，我前室友的傷和他很相似，說明他們兩個是同時被襲擊。我不會和他算這筆，但是拖延三天傷勢惡化、外加被開了一槍的帳，事後我會自己找時間私下好好跟他處理，你們大可以先放心。」一開始他就發現了，他家大檢察官的傷都是被打出來的，而且那些創傷和渾蛋嫌犯身上的形狀、範圍區域差不多，都是類同武器，會比較嚴重八成就是這個笨蛋傢伙呆呆地去擋了致命攻擊。

嚴司在心中盤算了下，大致預定好秋後算帳的時間。

覺得眼前的某法醫瞬間看起來好像是黑色的，虞因咳了聲，決定假裝什麼都不知道，反正私下算帳是他家的事，他已經完成他大爸的交代了。

低聲吩咐聿先留在這邊幫忙，如果有事情要馬上告訴他。然後虞因摸摸口袋剩下的錢，打算先回家一趟準備衣物和牽車，果然沒有把摩托車騎出來去哪裡都不方便，早上實在不應該偷懶搭他二爸的順風車……說不定也差不多該考駕照了。

說到開車，虞因想起了某件還沒確認過的事，接著他轉回一旁的聿，「小聿，你會開車？」上次那個恐怖駕駛的東風的確說過他們用一樣的方式開。

聿偏頭看著他，想了想，搖頭。

「奇怪，那東風……」

「東風小弟又怎麼了？」從後面往前搭住兩個小孩的肩膀，嚴司很有參與感地問道。

把上次開車的事情告訴對方，虞因發現後頭的某法醫露出詭異的神色，不知道爲什麼，突然覺得有點對不起東風。

「喔，那個啊，下次他如果說他可能會開飛機時，你們最好要買個保險再上去，買多一點比較好。」不懷好意地勾起笑，嚴司拍拍兩個誤上賊船小孩的腦袋，「小東仔只是在複製他看過的，可能是書上或影片或是在旁邊看別人動作，他會把步驟記得很清楚，但是實際操作會有落差。」

已經完全體會過這點的虞因馬上了解那可怕的開車技術從何而來了。

「不過當然也有一些是真的，反正別全信就是。」鬆開手，嚴司笑笑地說。

「……」

離開走廊之後，虞因看了眼在走道上跑來跑去的小女孩，在對方跟上來之前先移開視線。

接著聽見了同樣吵雜的急診室。

護士正在推個五十幾歲左右的大叔路過，對方看了他一眼，就這樣離開了。

踏出醫院時，他看了下手上的鑰匙，呼了口氣。

「加油。」

□

「鄭仲輝和黎檢並沒有任何關係。」

把餐盒放在桌上，虞夏看著手機上傳回來的消息，「我請阿司聯繫了黎檢的父母，他們非常確定沒有其他流落在外的兄弟，同時也提供了出生醫院給我們做調查，醫院方面也肯定這個說法。」

「我想也是。」窩在角落，東風看著牆上的鐘，已經深夜了，不久之前維修人員才把換燈的工作告一段落，一邊換還一邊問其他員警是不是氣爆了，怎麼整間的燈都壞成這樣。

「但是我託人問了他在獄中的室友，對方卻說鄭仲輝在服刑期間，常常說他有個弟弟很優秀，總有一天會回去一起生活之類的。」將手機遞給一旁的小孩，虞夏說道：「起碼有兩人以上都是相同說法，也說了他在獄中很勤勞地收集某些剪報，問了也不肯明說。」

「他是養子吧。」看著上面的文字，東風抬起頭。

「八歲時被發現在東部山腳下，當時因爲嚴重驚嚇和受傷失去記憶，問不出原生家庭，由當地機構代爲照顧，發布了失蹤兒童也沒有人來認，約十四、五歲時讓一對夫婦收養轉籍到南部居住，當時的機構記錄上有記載他曾有過幾次逃家記錄，時間大約爲五至七日，但是也是因爲這樣，某次湊巧在山區救了那對迷路的夫婦，才有被收養的結果。」已經託當地的朋友再幫忙去問清楚，虞夏也在等待對方的回訊。

「既然失憶，怎麼會認爲我學長是他弟弟……」

「這就不清楚，他的養父母也沒有其他孩子，因爲無法生育，所以才收養他。」翻出特別買來的麥片飲料，虞夏搖一搖，拋給窩在角落的小孩，「那時候，你是故意讓他攻擊你的吧。」他們後來交談的事情東風也全都轉述了，所以根本沒有支開他的必要。

「……不然他現在可以銬在那邊讓你們繼續調查嗎。」沒有足夠的理由扣押，他只是延長一下時間而已。打開了飲料的蓋子，東風皺著眉慢慢地喝著。

「你也看得出來他和黎檢都是被攻擊的那方吧。」重新打開醫院傳來的照片，虞夏一邊咬著遲來很久的晚餐，一邊寫報告。顧問縈不太往這邊跑，相對地要求他們這裡一有變化就要馬上發給她，所以要花點時間做一個簡短報告過去。

「所以把他扣在這裡也是對他好，他才是眞的目標，我學長應該只是被牽連進去。」飲料入肚後，湧上一股想吐的感覺，東風用力地吸了口氣，緩慢地爬去拿開水喝。

「不去醫院沒關係嗎？」看了眼在那邊弄水杯的小孩，虞夏問了句。他知道對方之所以會在這邊是因爲黎子泓的關係，人找到之後，他反而拒絕一同前往，所以有點驚訝。

「嗯，沒關係。」喝著水壓低嘔吐感，東風稍微思考了下，「那個姓鄭的冷靜了嗎？」

「看起來是冷靜了，不過變成一直在自言自語，聽不太出來語意，也完全不回應。」停下手邊的工作，虞夏想著要不要順便把這件事通知顧問縈，他們的嫌犯看來有精神方面的疾病，這就比較麻煩了，還得送精神鑑定。

「我可以去他旁邊待著嗎？」

看著不是在說笑的小孩，虞夏瞇起眼，「你是眞的想自殺嗎？」

「我不會再惹他，只是想聽聽他在講什麼，你可以派人在旁邊。」拿起兩個杯子，東風說道：「如果可以，想盡量問出另外兩個人的來路，他一天下來也很累了，精神和身體疲勞時說不定可以問出意外的資訊。」

當然也知道這點的虞夏沉默了下，「我等等會過去，你別又故意激怒他。」說著，打開門，喊了個沒事的人過來幫忙。

因爲這件案子是壓著在辦理，加上嫌犯又有攻擊性，所以是被關押在另外一個房間裡，避免被不必要的人看見。

東風進去時，鄭仲輝抱著頭，全身蜷縮在一起，不斷地喃喃唸著別人聽不清楚的話。

把飲料放在一旁桌上，他拿下橡皮圈，把有點長的頭髮耙一耙，然後蹲在隱隱抖動的男人前面，仔細地聽著對方的話，過了好半晌，才聽出來那是一些重複的隻字片語。

「不是我……那個不是我……」

「不對……是那個人……」

「不是我……」

側聽著反覆不斷的低語，東風伸出手，往對方的手臂上摸去。似乎受到極大的驚嚇，鄭仲輝整個人狠狠地彈跳了下，往後撞上牆壁，和先前凶狠態度不同的臉充滿了恐懼和慌張，接著不斷左右張望，整個人縮到了椅子的最角落，再度抱住自己的頭。

「不是我……」

跟著挪動了位置，東風試探性地開口：「那麼是誰？」

鄭仲輝的低語在那瞬間停止，像是被切斷電源般渾身僵硬、安靜了幾秒，突然緩緩地從指縫中窺視般地露出眼睛，「是那個人……」

「那個人做的嗎？」

話語才剛講完，東風猛地眼前一黑，原本蜷在椅子上的男人突然大張雙手往他撲過來。一旁的員警立刻衝上來，他馬上抬手制止對方的動作，接著被一手銬住的男性抱得死緊，像是抓住浮木般，用力收緊到骨頭都痛了起來。

「『那個人』做了『事情』嗎？」忍下疼痛和極度厭惡想吐的感覺，東風盡量用最平常的語氣再次說道。

「不不……是我……不對……是那個人……」

「是你做的嗎？」

「不是我……不是我……是他們……是他……」

「『大家』都做過嗎？」一發問完，東風突然感覺到身體被更用力地箍緊，連呼吸都被壓迫了，於是他開始掙動，旁邊的員警看狀況不對，也立刻伸出手想拉開他們。

但是鄭仲輝的力氣非常大，大到像是把命都壓上來了，皮下的青筋整個浮起，激動到連瞳孔都不斷地收縮。

員警的大喊馬上引來路過的其他人，幾個人用力拉開鄭仲輝的手，一出現空隙，東風馬上掙扎出來，摔回一邊的地上。

失去了「東西」，鄭仲輝在那瞬間整個失去動力，突然停了下來，幾名員警也不知道發生什麼事情，於是戒備地擋在中間隔開他們的距離。

用力吸了幾口氣和咳嗽之後，東風覺得喉嚨很痛，整個人很疲憊也暫時不想起身，然後他聽見員警在罵「老實點」，就反射性地偏過頭，看見了被按住的鄭仲輝又動了起來，掙扎地從那些員警身邊朝他伸出手。

然後，巨大的手掌摸上他的頭。

正確地說，是在摸他的頭髮。

「請相信我……」

在那些員警之間看去，他看見的是很惶恐的眼神，「相信什麼？」

「我殺了人。」

□

回家拿到摩托車和整理一些物品之後，虞因是在深夜到達嚴司的住所。

隔壁的豪華別墅可能在辦什麼聚會，看起來還留有點會後的殘餘熱鬧，燈光也打得很亮，在圍牆外就能隱約聽見來來往往的人不少。

開了大門進去，他才發現玄關門外被房東擺了一大箱東西，上面貼著紙條，大意是他們今天在開派對，嚴司不在沒參加到略有可惜，他們就鬧著裝了一箱給他，要是隔夜就把熟食扔了，才不會吃壞肚子。

有點無言地看了一下隔壁，虞因邊撥了通電話給嚴司，邊把箱子搬進去，然後在嚴司同意下打開來看，結果就更無言了。箱子裡面裝的是好幾大盒熟食，有用保溫袋，所以摸起來還有點溫熱，接著就是插了幾支看起來不便宜的酒在一邊，還挾著一些拉炮的紙片……雖然曾聽過隔壁房東爽快的個性，不過這也太爽快吧。

然後嚴司就告訴他看要自己在那邊吃乾淨，還是帶去醫院當宵夜，他就決定和衣服一起打包了，當然酒就放在桌上等屋主自己回來處理。

嚴司的屋子整理得很乾淨，幾乎和剛搬來時沒兩樣，客廳裡有一些遊戲片和主機，接著就都是書和看不出所以然的奇怪擺飾品……虞因在看到很奇怪的手製扭曲青蛙、或是某種像青蛙的突變東西之後，決定對這些擺飾品不予置評。

翻出了行李袋大致整理幾套換洗衣物之後，虞因突然感覺燈光變得很黯淡。並不是完全熄滅，而是很暗，原本亮度充足的室內大量失去光線，遠一點的地方甚至都感覺到有點黑了，折射出異樣的陰影。

一道黑色的影子從他身後慢慢拉長出來，明明光源沒有移動，但是那道影子就是越來越長，越過了他所在的位置，一直拉到牆壁，整個人形被拉成詭異的長形，連頭的部分都變形成尖長的樣子。

「……我先警告『你』或『你們』，如果敢炸這間房子，我一定會盡全力跟你們作對。」開玩笑，炸了這裡之後先死的就是他，不管是嚴司或是房東他都得罪不起，他肯定會跟這些害死人的阿飄同歸於盡。

也不知道有沒有聽懂他的話，那個影子就真的固定在那裡沒有任何動靜。

不曉得從何時開始，窗外的亮光也全都不見了，明明隔壁剛才還在熱鬧，現在卻連一點聲音和光都沒有，外面呈現一整片無法視物的漆黑，而且安靜得完全無聲，靜到虞因覺得自己的呼吸是這個空間裡唯一的聲音。

室內光還是很黯淡，而且有更加偏暗的傾向。

那個怪異的人影還在那裡，一動也不動地與他對峙著。

吞了吞口水，虞因小心翼翼地拉上行李袋，提著打包好的東西走到客廳時，突然發現不對勁。

客廳的電視是開著的，但是畫面卻是無訊號的雪花雜頻，像是被按了靜音般，一點聲音都沒有，就這樣不斷跳動閃爍著光。

然後，是混雜著泥土和樹葉的冷風從某處吹了進來，把窗戶緊鎖的窗簾吹得不斷飄動。

不知不覺，虞因突然有點迷糊了，腦袋在那股風吹來時變得有點暈，但是又不至於不適，就是有點暈乎乎的感覺，也不覺得哪裡奇怪。

總之，他坐了下來，面對著無頻的電視，不自覺地等待著什麼。

等著，繼續等待著，等到時鐘上所有指針都重疊在一起的那個時候，就會像那天，他們一直以為很平常的那天。

門外，有人敲響了門扉。

「請問有人在家嗎？」

是女性的聲音。

「對～不～起～打擾了，我們迷路了，可以幫個忙嗎？」

是男性的聲音。

「我們不是壞人。」

是另外一個男性的聲音。

然後他站起身，像是被牽引般走動著，緩慢走到玄關，伸出手，輕輕打開了門鎖。

幾乎在那瞬間，虞因整個人回過神來，還沒抹掉滿頭的冷汗，他先用力地關上已經打開一條門縫的門。

一眼就夠了，他在門外的黑暗中看見了非常多的影子，巨大且拉長的黑影在同樣也變大的門外晃動著，根本不知道有幾個。

關緊了門，重新鎖死了門鎖，虞因整個人用力按住門板，心臟跳得非常快。

接著，傳來的是反覆的敲門聲。

「請問有人在家嗎？」

是女性的聲音。

「可以開開門嗎？」

「請問有人在家嗎？」

門板震動起來，像是有無數的手在另外一端敲叩著，密密麻麻的敲門聲不斷地叩響。

「請問有人在家嗎？」

他突然覺得空氣變得很稀薄，像是有人扼住喉嚨似地，呼吸變得很困難。

「可以開門嗎？」

摸索著口袋裡的手機，虞因一手摀著已尸的脖子，像是有人掐著他的頸子越收越緊，幾乎快到了難以喘息的地步。他也不懂自己找手機幹嘛，就是翻出了手機，隨便按了號碼，在接通之前，他就已經整個人先跪下地，電話那端傳來什麼聲音他完全聽不清楚。

「救我……」微弱地朝手機那邊發出聲音，他整個人趴倒在地。

大門被推開了一條縫。

客廳那裡傳來了電視雜訊的沙沙聲。

黑色的頭顱從門縫外探了進來。

「請問，有人在家嗎？」

他的意識最後就中斷在這邊。

虞因再度恢復意識時，先感覺到的是整顆頭疼痛劇烈。

像是要炸開一樣的劇痛，這讓他突然想到過熟的西瓜會爆掉，轉速過度的腦袋瓜不知道會不會也像那樣噴出。

「嗚……」

抬起無力的手，他按著頭，接著旁邊突然有濕濕熱熱的東西舔了過來。

勉強睜開眼睛，看見一顆狗頭貼在他臉旁，充滿口水的舌頭正在舔他的臉，自己肚皮上還坐著隻把人類當坐墊還很理所當然的貓。

一見他睜開眼睛，小魚乾雙眼放光，舔得更起勁了。

「你怎麼在這裡……」用手摀住臉，虞因努力避開大狗熱情的口水攻擊，接著看到一雙腳走過來。

「你醒了啊？有沒有哪裡不舒服？」貓和狗的主人在上面對他露出微笑。

停止了口水洗臉，小魚乾在原地坐下，巴巴地看著虞因，希望對方可以跳起來跟牠玩。

推開肚子上的貓屁股，得到了不悅的貓叫聲後，虞因才慢慢恢復力氣，等到腦袋劇痛減輕不少後，才在葉桓恩的幫助下坐起身來。

他還是在嚴司家，可能是葉桓恩移動過他，他記得自己最後是在門口倒下的，但是現在卻躺在客廳，頭下還放了枕頭。

看了眼一旁的時鐘，他失去意識之後已經過了一個小時。

「先喝點水。」把溫熱的杯子放到他手中，葉桓恩在一邊坐下，「我接到你的電話。」

原來那通電話是打到葉桓恩他家……也是啦，因爲貓狗的關係，所以他把葉桓恩的電話設在常用通訊錄裡，「……對不起吵到你了。」不過虞因也不明白爲什麼對方出現在這裡。

「不用在意，你打來時我正好在整理一些物品，只是電話有點奇怪，所以我轉打給小聿，他說你應該在這邊，我就覺得有必要趕來看一下狀況。」看著對方發白的臉色，狀況外的葉桓恩其實也還不清楚發生了什麼事，「我一來就看到外面的門和裡面的大門都開著，你就倒在玄關，所以就擅自進來和動了屋裡的東西。」

「原來如此……啊！聿有講什麼嗎？」猛然意識到對方打給聿，虞因整個驚嚇了。

「沒有，實際上我打去時，是告訴他這兩天想寄放小魚乾，還有一些事情想問你，但是你的手機打不通，問看看你是不是在旁邊可以接電話，他就回覆了你來嚴司家拿東西。」接到電話時的狀況實在有點奇怪，所以葉桓恩沒有直接向對方挑明講。

鬆了一口氣，虞因解除警報，「謝謝你了，葉大哥。你剛剛說電話有點奇怪是……」他昏過去的話頂多也就是無聲電話吧？爲什麼對方會這麼緊急趕過來？他不認爲最後蚊子叫的求救有順利抵達電話那端。

「你聽看看就知道了。」拿出自己的手機，葉桓恩打開擴音鍵後放在桌上。

那是一段錄音。

一開始是葉桓恩的聲音，大致上就是很普通的接電話問候句，但是接下來就是好幾秒的寂靜與沉默，虞因大致可以核對得起來是他撥了電話後失去意識的那段時間。

無聲持續了十幾秒，就在他奇怪爲什麼葉桓恩竟然沒把電話掛掉時，突然注意到電話的背景聲傳來電視雜訊的沙沙聲，而且像是從很遠的地方慢慢靠近的感覺，一開始不明顯，但接著聲音逐漸轉大，大得整個客廳開始迴盪這種聲響。

最後，就像手機被放在聲音來源的旁邊，雜訊聲清晰得簡直就像在現場播放。

大約又過了幾秒，從那些機械音裡開始傳來了像是某種動物的低嚎聲……有點像牛在低嚎，但是很快地虞因聽了出來，那是人類的聲音，類似被放慢速拉長的聲音，不斷重複著同樣一句話——

——不——是——我——那——不——是——我——

所有的聲音戛然而止。

從虞因那邊來的通話瞬間被切斷，葉桓恩這邊的錄音又持續了幾秒才停止。

「你自己應該有底吧。」看著整個發愣的大男孩，葉桓恩摸摸身旁的大狗，「雖然不太清楚這方面的事，不過你還是小心點比較好，這聽起來不像好事。」

「……我知道了，謝謝。」摸摸後腦，還是有點痛，虞因想了想，「葉大哥你來的時候有看到什麼嗎？」

「什麼也沒看到，如果你是要問奇怪方面的事情。」

這次阿飄的方式看起來實在不太像善類，沒有波及到別人就好。一邊慶幸地這樣想，虞因一邊隨意地轉開了視線，突然瞥見被拉開流通空氣的門外走廊上坐著個男性，對方朝他笑了下，就消散在空氣之中了。

「原來如此啊……」鬼趕鬼還是會發生的，尤其是有在保護人的鬼。

「怎麼了？」

「沒事。」快速喝完茶水，虞因確認腦袋狀況恢復得差不多後，就急著回醫院了。

原本葉桓恩想載他一程，不過他還是婉拒了，好不容易回家把摩托車弄過來，丟在這裡之後還是出入不便，還是自己騎過去比較好。

還是有點不放心他的狀況，葉桓恩等他收拾好才一起離開屋子，還開著車在後面跟了一程，直到進了醫院範圍後才揮了下手，逕自離開。

□

「玖深，不要睡在地上。」

清晨時，拿著文件的阿柳路過某人工作室，直接往地上捲成C字型的人體踩一腳，被踩的人過了幾秒才開始動彈，「你在跑什麼資料？」看見桌上的螢幕跳出了搜尋結果，阿柳放下東西點開來看，是指紋辨識的結果，「……結束了？怎麼這麼快？你搜多久了？」

「咦、啊？」七手八腳從地上爬起，玖深靠到桌子邊，還有點矇矓地回答：「沒很久啊……下午阿因傳來拜託我看看的……奇怪……」

「似乎查到了兩個。」拉過椅子坐下，阿柳打開了資料頁面，「都是女性，一個已死，一個是失蹤人口。你今天去醫院沒嚇到嗎？聽說黎檢那邊的也很詭異。」

「……不要再提醒我了。」瞬間清醒過來，玖深抹抹臉，完全不想去回憶那些可怕的小手印，那些手印太可怕了，一般過度用力按壓造成的瘀青應該是從外往內，但是那些手印相反，竟然是從裡面傷出來外面的，實際上傷得比肉眼看見的還要嚴重許多，很不合理。光想到那些層層疊疊的痕跡就讓人雞皮疙瘩狂冒，所以他把注意力轉回螢幕上，「哪兩個？」

「已死亡的叫作胡欣蕾，失蹤的叫作楊采倩。」稍微看了下，阿柳讓開一點位置給同僚，「胡欣蕾是在二十六年前死亡，遺體在山區被發現，當時研判應該是不慎跌落山谷，登山隊發現時已經死亡有幾天了，遺體被山裡的動物啃食大半，好不容易才查出死者身分……奇怪了。」看著檔案照片，他有點疑惑地皺起眉。

「死者穿涼鞋爬山？」同樣也看到這部分的玖深歪著頭，「這不太可能啊……山谷的位置還滿裡面的。」

「是啊，眞奇怪，不過也可能是初學者的失誤吧。」雖然是這樣說，阿柳還是覺得不太可能，不過看腳底局部照片，死者的確穿著涼鞋走了好一段山路，腳上的磨傷很明顯，掉落在旁邊的素面涼鞋上有專櫃的標誌。

「這鞋子一看就是超貴的，名牌，她身邊散落的物品也是名牌，這種人穿戴這樣爬上山幹嘛啊？」這陣仗比較像是要去逛百貨公司，二十幾年前可以穿成這樣的人不多，尤其這女孩年紀還很輕。玖深看了下資料，才二十歲，應該是大學生的年紀。不過奇怪的是，記錄上當時女孩的家庭只是小康，並不像是可以讓她這樣買名牌的背景。當時似乎也找不到什麼疑點或證據，就以意外結案了……只是光看資料就覺得非常奇怪啊。

「另外一個好像比較單純，楊采倩，十幾年前失蹤時約二十五、六歲，在會計公司上班，也兼職些外快，收入頗豐，看來也很省吃儉用，而且也常常去當志工，存起來的錢大部分寄回給家裡或捐款救助。記錄上寫著她是在休假時失蹤的，週末之後不管是公司或家裡都聯繫不上她，至今仍未找到。」不知道算不算好運，前一個算有點久的資料竟然可以在資料庫裡搜出來，看來是電子化整理時幸運地有輸入，不然可能還得費不少工夫。阿柳把兩名女性的資料列印出來，夾好後遞給一旁的友人，「你要不要再去睡一下啊，你臉色差得好像都快變成……」

「變成人乾！絕對是人乾！」拒絕再聽到別種「ㄍ」發音的字，玖深連忙搶白，「我給阿因回一下結果就去睡！」

「你小心點。」

拿著文件回自己的工作區，稍微趕了下進度後，阿柳按了按脖子。

工作總是很多，時間總是不夠，大概就是在說他們現在的狀況。

有點好笑地搖搖頭，趁天色大亮之際，他撥了個空走出水泥建築，打算呼吸一下清晨的新鮮空氣並買個咖啡，出門前還特地繞去休息室，確定玖深有乖乖地爬進去睡覺後，才步行去比較遠的早餐店。

半小時回來之後，遠遠地就看見圍牆外蹲著個人，然後還有一名檢事官在和那人講話，阿柳馬上辨識出那個檢事官好像是和顧問縈一起合作的那位，他就站在原地，等檢事官講完離開之後才走過去。

蹲在外面的是那個外來的小孩，可能也是出來透氣吧。

「抹茶和米漿你要哪一種？」翻著紙袋，阿柳想了下，拿出溫熱的杯子，「米漿好了，看你八成也是空腹，喝茶會胃痛。」

接過杯子，東風摸著熱度，「謝謝。」

「你要去我們那邊睡一下嗎？」看他昨晚八成也沒睡到什麼，阿柳好心地多問了句。

「不用了，虞警官的辦公室可以睡。」

「剛剛檢事官有說什麼嗎？」

「沒有，他只是問我和本案有什麼關係，因爲他看見我在裡面出入，我跟他說沒有，我是虞警官的親戚，他就走了。」並不想和陌生人說太多話，所以東風敷衍幾句給那個檢事官，至於要查證什麼的，就是他們自己的事情了。

大致上了解狀況，阿柳想起另外的事，「阿因拿來的指紋你知道嗎？」最近這三個小孩好像老混在一起，說不定他也曉得。果然問完之後，東風就點頭了。

「嗯。」

「那順便也和你說一下吧。」

聽著阿柳陳述的結果，東風越聽越瞇起眼，最後等到對方說完才開口：「另外一個是胡欣蕾，不是芯香？」

「是胡欣蕾。」阿柳挑起眉，「有另外一個女孩子嗎？」

「……還不曉得。我知道了，謝謝。」

□

東風拿著杯子踏進警局時，裡面正掀起不小騷動。

原本扣押鄭仲輝的房間傳來巨大聲響，遠遠就看到好幾名員警正在喝止和壓制暴起的男性，但是不知道為什麼發狂的嫌犯力氣變得很大，一時之間竟然壓不下來，連外面其他案子的嫌犯也都被嚇愣，探頭想看發生什麼事。

「那不是我——！」

混合著咆哮的聲音，鄭仲輝撞翻一旁的椅子，原本銬在手上的手銬竟然斷掉了，也不知道是拉扯的緣故還是怎樣，室內狀況非常失控。

「發生什麼事了？」看見小伍就在旁邊，臉上還有很大一塊瘀青，東風放下杯子靠過去詢問。

「不曉得，剛剛檢事進去問了他幾句，突然就抓狂，痛死人。」摀著被揍了一拳的臉，小伍只覺得牙齒差點被打斷，臉和牙都痛，「你不要太靠近，老大他們應該快過來了。」

的確看到剛才的檢事官站在裡面的角落，眼睛還被打了一圈瘀青，也不知道是什麼話激怒了男子。

東風並不打算蹚渾水，尤其在發生暴力的狀況下，所以他也避到小伍後面去。

就在他往後移的同時，室內的鄭仲輝不知道怎麼了，突然怒吼得更大聲，蠻力竟然大到撞開了旁邊兩、三名員警，整個人衝出來。見狀，小伍立刻撲上去要擋人，但是也一樣被凶狠地甩開，男子就這樣一身是血地衝了出來，整片地上飛濺了不少血珠，他也絲毫不在意，伸出手，就抓住東風，狠狠將他壓倒在地。

「住手！」

「快點把他抓開！」

整個人被撲得頭昏眼花，東風聽見周圍大呼小叫的，很多人衝了上來試圖要把鄭仲輝拖走，但是對方單手掐住他的脖子，讓員警們不敢真的太過用力。

接著他發現，嫌犯的另外一隻手在摸他的頭髮。

他睜開眼，看見半張臉都是血的男人竟然在哭，腫脹的眼睛掉出眼淚，與臉上的鼻水、血水亂七八糟地混在一起，讓他看起來更猙獰。

「對不起……對不起……采倩……」

男人哭得很傷心，然後收回了手，放到了他的頸子上。

「但是妳一樣該死。」

陡然降溫的語句和隨之用力的雙手開始奪取東風的呼吸，真的發起狠的鄭仲輝用力地掐住他，雙眼爬滿了紅色血絲，充滿殺意的眼神完全不像在開玩笑。

就在快被對方掐死之前，東風聽見旁邊傳來了驚呼聲，接著脖子一鬆，本來趴在他身上的巨大男人整個被踹開，十隻手指離去時還不甘願地硬生生從他脖子上摳下一層皮，接著他就被人整個拖起來，往後退開很大一段距離。

「快點去拿醫藥箱來……沒事吧！」

用力咳了好幾聲，慢慢恢復視覺，東風才看到是虞佟在他旁邊，另外一端果然是制住嫌犯的虞夏，嫌犯一被迫停止動作後，周圍的員警全撲上去，直接將他五花大綁捆得緊緊的。

摀著鮮血淋漓的脖子，東風緩過呼吸，連忙推了推虞佟，「……記者。」

騷動太大了，把在外面走廊喝茶的記者引了過來。

「小伍，擋住。」也留意到了想拿起相機的人，虞佟給其他同僚使了眼色，然後扶著東風拐進旁邊的空辦公室裡，接著就有人拿藥箱過來。

在虞佟消毒完畢正要包紮時，辦公室的門被人打開，虞夏走了進來，甩著手上幾道輕微的抓傷，「搞啥鬼，想抽空賺個五分鐘也有事情。」

看著若有所思的東風，虞佟有點疑惑地開口：「怎麼了嗎？」

「他剛剛應該是叫采倩沒錯……」雖然被抓個半死，不過東風的確聽到很耳熟的名字，「應該不會這麼巧吧……」

「采倩？楊采倩？」

突然聽到虞夏這樣反問，東風有點意外地睜大眼睛，「你知道？」

「啊啊，不是說他被當地機構收養嗎，早一點的時候我朋友彙整了探聽到的消息，有提到他還在當地機構時，有個志工每隔一、兩週的週末就會來帶小孩們讀書，也經常買零食過去，名字就是楊采倩，特別照顧鄭仲輝，但是在他被收養那年就不再來了，似乎是離家之後就失蹤了，園方也不知道確切狀況。」說著，虞夏翻出手機，將那篇簡訊遞給東風看，發來的時間也不過半個小時之前。

盯著簡訊看了很久，東風猛地站起來，「是這樣啊……」

他懂了。

那個鬼故事。

□

他殺了人。

他們殺了人。

虞因猛然驚醒時，發現有人在他旁邊移動，他幾乎立即反應地按住自己的背包，然後整個人翻起身。

出現在他旁邊的是個不認識的阿伯，看起來大約五十多歲，發現他醒了也嚇了一跳，接著不知道在咕噥什麼，一臉疑惑地又摸了出去。

不知道是不是其他病患的家屬？

昨天來借家屬休息室睡覺前並沒有看過這個人，不過好像有點眼熟……虞因歪著頭想了想，突然想起在急診室和那個阿伯好像有過一面之緣，看來大概是亂走的病患吧。

抹抹臉，他才發現聿已經不在室內了，看起來醒得比他早很多，瞄了下時間，雖然還不到中午，不過自己也睡太晚了。

「呦，被圍毆的同學你終於醒了，我還以爲你會睡過中午直接吃午餐咧。」

從外面走進來的嚴司看起來心情不錯，虞因想了想，接過對方遞來的紙袋，「黎大哥呢？」

「早上時有醒一下，果然是滿健壯耐打的，不過講了幾句之後又睡了。」在一邊坐下，嚴司按按有點痠痛的肩膀，「我前室友被打傻了，完全忘記陣亡前的事情，一問三不知，不過倒是記得自己有被關在幾個地方過，還和我講了一些有的沒有的。」說到這個，他就有點不滿了，也不知道爲什麼那傢伙一醒，居然是先給他一記白眼，接著說了什麼覺得比他早死很吃虧之類的……這是對睜開眼睛第一個看見的好朋友該說的話嗎！

好歹也要表示一下感動啊！

算了，看在那傢伙腦子還不清楚的份上，嚴司決定原諒他的胡言亂語。

打開紙袋，裡面是已經有點涼掉的漢堡，虞因一邊啃一邊拿出自己的手機，才發現收到了好幾通簡訊，不但玖深有發給他，他家二爸也有發給他……二爸爲什麼發簡訊給他？這實在很不像他二爸會做的事情啊。

仔細一看，才發現內容不是他二爸寫的，而是東風，八成是借了手機傳簡訊，裡面寫著要他去把那些碎紙片帶去警局。

碎紙片？

虞因腦袋空了三秒，熊熊想起來應該是指那些鬼故事。

爲什麼突然要那些碎片？

雖然搞不清楚，但是會特地發訊給他應該是眞的有某種必要性，虞因一邊想一太那是什麼鬼直覺，一邊起身，「我回去一趟……」話還沒講完，就發現聿不知道啥時摸了進來，靠在他旁邊看簡訊。

接著，聿突然從自己包包裡翻出一小包東西，仔細一看，居然就是那些碎紙片和一太給的那一包。

「你竟然帶出來了。」拍拍聿的腦袋，虞因接過紙片，想想大概是聿想要在合適的時間拿給玖深他們，不過還沒拿去吧。

看他們好像又要開啓什麼異度空間的蟲洞還是大門，嚴司說道：「那你們兩個一起過去吧，我前室友狀況好一點之後，會再和老大回報。」

把兩個小的趕走之後，嚴司在無人的房間裡坐了一下。

空間非常安靜。

「從創傷方面來看，可以判斷出攻擊者的高度、力道，甚至是可能的年齡，雖然沒有小東仔那種腦袋可以自動拷貝的本事，但是多看兩次，記住兩人的外型還是很夠用的。」拋玩著手上的手機，嚴司打開了下載過來的擷取畫面，「說起來，動手打我朋友的是你還是另一個人？」

站在休息室門口的，是剛剛去而復返的五十多歲中年人。

「……那個人告訴你什麼？」

聽著稍微有點混濁蒼老的聲音，嚴司聳聳肩。

「快說。」似乎有點焦急，對方走進來後鎖上門，接著就擋在門口，「你、你們一直搞錯了，眞正被害的不是他們，是我們。你們抓到的那個人才是眞的凶手！他殺了很多人，你們絕對想像不到！」

「喔，案情發展我才管不著，那個是老大他們的事情，我比較關心的是你拳頭上的擦傷還有類似遭遇抵抗留下的痕跡，另外就是臉上的擦傷還有身體上的瘀青我也都很好奇。」轉過身，嚴司站起來。

「附帶一提，我現在是下班中。」

□

「那個鬼故事是眞的。」

在虞因還沒來之前，東風先默寫了一份內容交給虞夏，「但不是故事內容的模樣。」當初在看剪報時他就已經注意到這件事，與其說是鬼故事，不如說是一個「故事」……不，不只一個「故事」。

大致上看過了默寫版本，虞夏遞給一旁的虞佟，「如何？」

「的確不只是故事。」點點頭同意了這件事，一接過後，虞佟馬上認出來這是第一天帶東風回家後看見的紙張內容，這才恍然大悟他家兒子最近身上那些花樣是哪來的，當天雖然想問緣由，但是實在太忙了，只想著先等手上事件落幕之後再好好處理，想不到竟然相關。

「這上面有先後時間點。」東風趴在桌上，懶洋洋地說著。

「阿因拿到這東西多久了？」把東風從桌上拎起來，虞夏皺起眉問道。

「……我被你們運回家那天？」

「應該是，我也看過這些東西。」虞佟點點頭，把紙張交回給兄弟，「我先去聯繫當地機構將事情問清楚些，順便讓那區的弟兄幫忙搜索一下，看看是否可以找到相關事件。」

「我聯絡吧。」認識的人脈基本上比較廣的虞夏拿著紙和手機走出辦公室。

留在室內鑽研著那則故事，虞佟仔細地重複看了幾次，走到一旁打開筆電，輸進了一些資料先開啓尋找。

目前他們只能確定其中的楊采倩在故事中可能眞有其人，如果將這個故事當作案件的話，那麼比起黎子泓被綁，這裡面的眞實要嚴重得多。

「至少有四個人可以確認已經死亡。」虞佟嘆了口氣。

「而且都有些年代了。」窩在座位上，東風仰頭看著天花板。

「嗯……不過從敘述上來看，似乎又沒有那麼久。」放下紙張，虞佟思考著各種可能性。紙張上的故事內容很多描述都是比較近年的，反而不太像楊采倩那個年代。「看來應該是那位餐廳老闆修潤不少吧。」

「……算是吧。」轉回視線，東風往門的方向抬了抬下巴，「外面那個姓鄭的是涉案相關人士，不如繼續從他開始問起，搞不好能得到更多線索。」

雖然是這樣說，不過那個男人的精神狀況明顯非常不穩定，剛剛大鬧一番之後整個人被加強關押了起來，也不是一時半刻可以恢復好好問話的狀態。虞佟微笑了下，打算等稍晚一點再視狀況探詢，真的不行的話，就得請專人協助了。

「佟。」推開門，結束各種通話的虞夏走了進來，「你去一趟醫院，阿司說剛剛醫院那邊出現另外一個嫌犯……就監視器上那兩人中的另一個。」

「人還在嗎？」

「跑了。」虞夏冷冷地說道，「阿司說正要把對方折成兩半時，那個人就跑了，不過可以調醫院監視器跟路口監視器，你走一趟。另外我剛剛讓人去調楊采倩的資料，按照那個故事，如果是大學登山社的話，學校或同學那邊應該會找到點什麼。」只是年代實在有點久，不知道可以找到哪些同學就是。

「知道了。」

虞佟離開之後，正打算繼續處理事件的虞夏看見東風也站起身，「你又要幹什麼？」

「……去嫌犯旁邊坐？」

「……給我坐下，你是多想找死。」老愛去刺激嫌犯，虞夏真不知道他到底活得多膩。

歪頭想了想，東風環顧四周，「那給我一本空白本子、一頂帽子……或是剪刀也行。」

「如果我覺得合理，我就會給你。」

「嘖。」

10

他再度清醒時，伴隨著意識回歸是各種不一的刺痛。

「呦，會稍微有點不舒服，不過還是忍一下吧。」

轉過頭，看見的果然是那個煩起來會讓人想掐死他的惡友。

空氣中充斥著淡淡的藥水味，然後是非常潔白的天花板，接著他再度轉回過頭，總算意識過來這是哪裡，上次清醒時雖然已經知道在醫院了，但是現在的位置好像又改變了，和上次不同。

「這是特別單人房，現在兩嫌在逃，所以跟醫院協調一下搬來這邊。你應該知道專用看護不便宜吧，現在有沒有覺得有我這種朋友是件難能可貴的事情。」闔起手上的書本，嚴司一發現人醒了，立刻拉著椅子靠過去，一邊幫對方檢查各種狀況，一邊再給他一次機會重新表示對朋友不離不棄的感動。

按著隱隱作痛的頭部，黎子泓完全清醒過來，「現在……」

「你記起來發生什麼事沒有？」看他試圖起來，嚴司把人按回去，順手調了一邊的點滴，「你上次張開眼睛大概是快十二個多小時之前的事，看樣子你這傢伙命硬得可以撐過去了。」

閉了閉眼，黎子泓呼了口氣，再度睜開時，原本鈍痛模糊的腦袋已經好很多，也想起了稍早時那些問話，「還是不記得……」對於自己受傷當時發生的事他完全記不起來，雖然隱約記得自己被放置在某處和曾被移動過，但確實狀況仍完全沒個頭緒，關鍵部分一片空白。

「那你記不記得你有個流落在外、失散很多年的哥哥？搞不好是你爸在外面造的孽，可能在你很小時候他有哪次腦袋不清楚脫口而出過，所以你一直在找你那個骨肉分離的哥哥？」

「完全沒這回事。」黎子泓一秒冷眼看著旁邊的傢伙，他還眞是見識到什麼叫趁虛而入，趁人虛弱就亂入的代表作就在這裡。

「嘖，把你挾著到處藏的傢伙可是宣稱他是你哥喔，還像追星族一樣收集超多你的照片和報導，你應該注意看看你家垃圾有沒有被翻過的跡象。」拿過棉花棒跟水杯，嚴司很誠懇地扮演看護，邊說著：「鄭仲輝你應該有印象了吧？你們有說有笑了三天，都被監視器拍下來了。」

「嗯，記得。」等待一波暈眩過後，黎子泓才再度開口：「以前見過……前幾天回去時，在路上遇到……他好像出獄在找工作，聊了些事情……」

「哪天遇到的？」

「從虞警官他家回來那天。」

那就是拼圖完那天吧……半夜？半夜哪來那麼多巧遇啊，嚴司一邊在心裡暗罵一定是那個鬼跟蹤狂算好時間跳出去的，真不知道有沒有順便上演一場假車禍。

「等紅綠燈時看見他在路邊商店……因爲有點眼熟，他打了招呼，我才想起來……之後聊了幾句，過了幾天約出來，想了解一下他現在的狀況，幫他介紹到一些地方工作……」

「啊啊，我知道了。」這也不是第一次，嚴司知道他前室友的確會幫忙輔導一些人重新學習和謀生，也不限自己工作的負責範圍，有來尋求協助或調查案子碰到的多少都會幫忙或轉介。有不少現在做得挺不錯的，甚至還開了店；前不久他也看見有人結婚了，特別拿喜帖來給他前室友。原來是用這種模式巧遇，難怪這傢伙會跟那個跟蹤狂周旋那麼多天，而且大概可以猜到那個跟蹤狂一定曉得這傢伙有在留心這些事情，才用這種話題去釣他。

「鄭先生沒事吧？」

「你擔心個鬼，那個跟蹤狂現在還活蹦亂跳的，跳到連手銬都可以跳斷，你還是先顧好自己吧。」

聽到答案，黎子泓才稍微安心下來，然後又開始有點頭暈迷糊了起來，不過還是努力地維持清醒，「現在狀況？全部？」

「我說你可不可以別這麼工作狂啊。」沒好氣地幫人拉好被子，嚴司瞄了眼時間，「找到你、抓到鄭仲輝，之後發現他好像涉入什麼案子，稍早佟來的時候有講一些，似乎我們被圍毆的同學又進入靈動力開啓模式，正要破解你身上不可思議的異世界密碼和離奇身世，還有什麼遠古的骸骨寶藏之類的……附帶一提，他們一堆碎片紙上經過確認全都是人血，人血指紋啥的，老大好像連你的案子併在一起往那邊偵辦了……」

正要簡短地說完時，他才發現某檢察官連個聲音都沒了，一低頭，嚴司才發現人早就又睡了過去，浪費他跟空氣講話的時間。

重新翻開書，嚴司嘖了一聲，繼續自言自語：「你那個跟蹤狂兄弟唯一可取的就是還留下點證據，而且你當天應該也回擊得滿激烈，等玖深小弟驗完你們身上那一大堆皮肉證據是屬於誰的之後，算帳的時間就指日可待了。另外，根據你們兩個衰人身上的傷勢和痕跡，還有從巷子裡帶回來那些有的沒的，我和玖深小弟也稍微復原重建了一下案發現場，看來你和你衰人兄弟是在小巷遇襲的，按照傷痕、力道與高度等等跡象，應該是被兩個人給堵了，對方除了鐵棒和旁邊隨便撿的磚塊、棍子以外，應該有你們不能輕易回手的武器吧，不然沒道理你們會傷得比較嚴重還落跑。」

啊，不過他是看到那個闖進來的老頭才真正確認後面那個結論，沒道理兩個青壯年的傢伙會隨隨便便被撂倒，肯定是有攜帶什麼武器，讓他前室友不得不去捱腦袋上那一下。

「槍吧。」

其中一個有槍，幾天後還開了他家前室友一槍。

嚴司支著下頷，思考著。

「阿柳他們還在清查火場，還眞是燒得一乾二淨啊，不過總有東西是燒不掉的。」

他們總是會拼出眞相的。

□

「東風在裡面沒關係嗎？」

看著偵訊室裡和嫌犯有說有笑的東風，虞因實在是搞不清楚爲什麼隔個一天狀況就差這麼多。

不過東風在室內幹嘛要戴帽子？還把頭髮都收在帽子裡，也不知道是怎麼回事。

「他在重新建立橋梁。」從醫院回來之後，虞佟也很意外這個狀況，問了他家兄弟，於是得到這樣的回應。

「這樣安全嗎？」盯著對方脖子上的繃帶，虞因有點不太放心。

「你二爸在旁邊，不至於出什麼問題。」當然不可能放著小孩跟有暴力傾向的嫌犯待在一起，虞夏就坐在角落監視他們的一舉一動。既然有所謂的活動凶器在裡面，虞佟也就不太擔心安全問題，轉而先盯著其他進度，「你先將這些鬼故事相關的都告訴我吧。」

「好兄弟出沒的部分也要？」

「是的。」勾起淡淡的微笑，虞佟看著自家小孩，「有什麼不能說的嗎？」

「沒、沒有。」

在虞因開始交代鬼故事相關細節時，偵訊室內的鄭仲輝也開始放下了先前的戒心。

他們的對話是在不久前才開始建立完成。

虞夏環著手，依舊戒備著。

就如同東風自己說的，在他拿到帽子和一本四開的空白圖畫本之後，就走進了室內。

一開始他真的只是靜靜地坐在旁邊畫他的本子。

原本情緒非常不穩定的鄭仲輝強烈地露出隨時可能會攻擊的警戒表情，但過了一會兒，突然盯著畫本，整個人開始緩緩平靜了下來。

然後一個小時、兩個小時慢慢地過去。

先打破沉靜的是鄭仲輝，他看著翻頁的圖本，空白的圖面上開始繪出了新的人像素描，他突然開口了：「……我沒有看過他高中的樣子。」

「我也沒有，這是按照骨骼和肌肉生長往回推測的模樣。」很平靜地接上了對方的話，東風逕自繼續畫著手上的圖，「不過我想相似度應該有八成以上，只要懂得成長的變化定律應該沒什麼問題，當然準確度還是比不上真正的照片。」

「有他的照片嗎？」鄭仲輝眼睛都直了。

「現在手上沒有，之後問學長拿一些給你，好嗎？我想學長應該不會小氣。」

「嗯。」

「那就這樣約好了。」

虞夏瞄了眼給對方約定的東風，沒有打斷他們。

看著圖本，鄭仲輝又開始發問了。

「國中也沒有看過，可以畫嗎？」

「可以。」

「……其實還有國小。」

接著又是很久的沉默，東風把畫本攤平在桌上，好讓旁邊的人可以看得更清楚，然後不斷地繼續畫著各式各樣的人像。

畫滿第四張空白頁時，他把本子推給旁邊的鄭仲輝，一開始有點驚嚇到高大的嫌犯，不過顯然已經忍很久的男人只猶豫了一下，立刻把本子拿走，很小心仔細地翻看著上面的圖。

「我先向你道歉，之前我不是故意的，你弟弟現在在醫院裡，很安全，有人在保護他，那兩個人靠近不了。」

「你們不知道，沒關係，我知道就好。」一反先前暴躁的神態，鄭仲輝抹抹疼痛的鼻子和臉，小心翼翼地把手擦乾淨，才又翻動了畫紙，「他不在……沒事，別再惹火他就好……他會殺了你，所以現在沒事……」

看了虞夏一眼，並沒有立即問後面那句話的意思，東風把話題帶回圖本，「你弟弟大學之前你們都沒在一起？」

「沒有，我找不到，但是有一天遇到。」露出了回憶起什麼的表情，鄭仲輝把畫本放回桌上，推回給東風，「他們把他帶走，可是我還是找到了，他長得很大了，不過我一看到就認出來了，後來我也確定過就是他，我想他應該也忘記家裡的事情，就跟我當初一樣。所以我怕在所有事情結束之前他被找到，他的生活看起來很好，不要記得才是對的。」

繼續畫著空白頁，東風思考了下，開口：「我想也是。對了，我是他學校的學弟，雖然不太清楚學長的學校生活，不過有些事情如果你有興趣，我知道的範圍你也可以問。」

「眞的嗎？」

留意到那張青紫紅腫的臉有點透出高興的氣息，東風點點頭，「光是看簡報和訪問，你應該也只知道工作上的狀況吧。像我學長私下其實很喜歡玩遊戲，電玩遊戲一類的……」

「對對，他以前小時候很喜歡玩，但是那時候沒有電玩，我們在山上會玩別的。」

「那麼事情結束之後，你們搞不好可以聊聊，我學長也很喜歡山上。」

「呵……」

看他們就這樣眞的有一搭沒一搭聊了起來，虞夏也就沒有介入，一邊聽著話裡的資訊，一邊看著手邊傳來的其他消息。

玖深還在追那張紙上的其他指紋和血跡，詭異的是，血跡所屬年代非常久遠，久到玖深一發現馬上慘叫，大喊著這種事情完全不科學，但是還是含淚去拼好進行分析，目前也還在等待看能否找到第三人。

其他人也還在查找和楊采倩當年相關的事情與同學。

「咦？真的嗎？」

虞夏抬起頭，看向按著帽子，發出有點意外聲音的東風。

「嗯，加蓋之前，弟弟最喜歡去那邊，說是祕密基地什麼的，不知道他還有沒有印象。」頓了頓，鄭仲輝的姿勢也開始變得放鬆，甚至接過東風遞給他的水杯，「你有嗎？」

「有的，很小時候我喜歡衣櫃。」看了對方一眼，東風說道：「上面。」

「你們是三層衣櫃啊，我們家也是，是我爸自己釘的。」

「你也會釘嗎？」

「會啊，以前常常幫忙，後來我也有學過。」

「所以，你並沒有失憶，對吧。」

鄭仲輝瞇起眼睛，原本很熱切的表情突然冷寂下來，他張口開開闔闔了幾次，最後終於吐出了非常低的聲音，那聲音和東風在黑暗中瞬間聽見的完全相同：「你想知道嗎？他們一直以為我已經忘記了，那些人，那個女的、那幾個男的——他們以為我們都忘記了，那些凶手，那些鬼。」

「我們在第四天，就什麼都想起來了。」

□

「怎樣，有說啥嗎？」

虞夏拎著東風退出偵訊室後，正好碰上又閒蕩過來的虞因和聿。

「你大爸呢？」沒有回答，虞夏把人扔給自家兒子，問道。

「好像有很多記者跑進來，大爸和一些人在應付他們，黎大哥的事情被傳出去了。」聳聳肩，虞因也沒少見過這種場面，總之就讓其他人去處理比較好。唯一慶幸的是，這次是已經先找回來了才被漏口風，不然會更慘。

點點頭表示了解，虞夏看了眼手機，上面是玖深傳了簡訊讓他過去一趟。「你大爸問的事情告訴我。」

跟著虞夏往另一邊走，虞因乖乖地把鬧鬼的事情全部交代完畢。

電梯打開後，很快就看見玖深拿著證物罐在工作室外繞圈圈，一臉很不想進去的樣子。

「你在幹嘛？」皺起眉，不知道他又在搞什麼鬼，虞夏看了眼工作室，沒看到裡面有什麼東西。

「有點衝擊……想說外面人比較多……可能陽氣會比較重。」用力地深呼吸幾次，玖深哀怨地看著跟來的虞因，他眞是受夠了每次都要用這種不科學的方式檢驗，對心靈眞的超不好的，他只想安安靜靜地過著用正常方式和平上下班的生活不行嗎！

接收到不知道幾次含恨的目光，虞因咳了聲：「玖深哥你裡面現在很乾淨，什麼也沒有，超乾淨的。」

「眞的嗎？可是我剛剛爆了一個量杯，裡面什麼都沒放。」玖深不知道爲什麼自己可以這麼鎮定地說著這件事，剛才量杯爆炸那秒，他幾乎是連滾帶爬地衝出來，阿柳還沒回來，他也不知道該怎麼辦，就眼睜睜看著自己一堆工作疊在裡面，雖然知道每件都很急，儀器也在嗶嗶叫了，但是怎樣都說服不了自己踏進去。

重新看了一次，虞因的確什麼也沒看到，但是也不能說眞的沒來過就是。

「你不是求了一大堆有的沒的，怕什麼怕！」罵了句，虞夏直接推開門，完全不在意地走進去，順便關掉響個不停的機器。接著他就看見那所謂一大串「有的沒的」就掛在旁邊架子上，而且比他之前知道的還要多了一圈。

「好像沒有用。」玖深戰戰兢兢地跟了進去。

「不，說不定有用。」虞因撥弄了一下整串護身符，隨著他的動作，那些小小的袋子發出細微的聲音，接著有幾個底線不知何時斷裂了，掉出了米或是已經碎開的護身符。

倒抽一口氣，玖深往後退了一步。

「結果。」有點不耐煩地抓住又想逃走的某傢伙，虞夏直接把人拖離護身符旁邊。可能是因爲現在人比較多，玖深也比較不覺得有剛才恐怖，於是深呼吸了幾下，從旁邊抽出檔案夾，「總之，又多了一個。扣掉一開始的那兩個女生，剩下三個我做了去氧……做了DNA，其中一個在我們資料庫裡比對到親子關係。劉國棟，五十三歲、已離婚；四年前因爲和別人老婆外遇被抓，當時有記錄，不過後來和解了。聯繫出來的那個是他的兒子。所以我查了一下，發現他原本有個二十歲左右的獨子，叫作劉建廷，七年前在校外失蹤，至今下落不明。」

接過檔案夾，上面附有兩張相片，各自是劉國棟和劉建廷的個人照，父子長得非常像。

「啊，我看過這個人。」跟聿和東風也圍到旁邊看照片，虞因馬上認出來老的那個，「在醫院，我睡醒時還看到他在旁邊，以爲是哪來的病患！」

「嗯，然後現在還有一個問題。」玖深抽出另一份檢驗結果遞出來，「黎檢他們在巷子裡被攻擊的那些武器和採集回來的皮膚、血跡什麼的，其中一個比對之後符合劉國棟，可以確定他就是攻擊者。」

「那老大你聽到這個消息一定會超不爽。」

虞夏轉過頭，看向門口不知哪時候冒出來的小伍，「說。」

出去累個半死的小伍把手上的紙袋交過去，「聯繫上楊采倩當年的幾個老同學，我問了他們記不記得有什麼跟登山相關的事，有個女同學記得，她說楊采倩大學時有參加校外自組活動，跟幾個朋友不定期會出去，有時候會去爬山，因為當年和楊采倩交情不錯，所以常常和她聊。楊采倩最後出去爬山的那次，曾抱怨團裡有個小的新手，當時團員大概是五個，最小的似乎還不到二十歲，叫胡欣蕾，後來沒多久出意外摔死了所以對方記得。另外那團最年長的是二十四歲，叫劉國棟，帶隊的叫林博遠，還有一個叫作汪強銘……汪強銘在八年前也報過兒子失蹤的案件，然後照片是老面孔。」

從紙袋抽出的也是父子檔生活照，虞夏完全不意外地看見就是那個偽裝成房東的人。

「楊采倩最後一趟回來後就再也沒有去登山了，當然也沒有發生過那些故事裡整團撞鬼的事，不過整個人變得很沉默。」小伍聳聳肩，「雖然時間很緊，但是我們也嘗試聯繫了其他人的同學……有找到一個胡欣蕾的高中同學，不過時間太久，而且當年也沒什麼往來，只記得胡欣蕾畢業之後沒有考大學，是在服飾店上班，可是同學提供了很有趣的事……她聽說胡欣蕾在某個時間不知爲何突然手頭闊綽，花大錢請了很多當年的同學吃飯，沒多久就摔死了，差不多就是這些。」

點點頭，虞夏瞇起眼，大致上可以知道發生什麼事了。

「林博遠呢？」思考了下，東風問道。

「林博遠大學畢業後自己開了店，有娶老婆，二十八歲時因車禍事故死了，對方酒駕肇逃、不過馬上被抓。家人發現他有先寫好遺囑，說哪天若發生意外，就把一半存款捐出去公益之類的……總之老婆再嫁了，兩個人沒小孩。」也打聽過這部分的小伍呼了口氣，接過玖深倒來的茶水，「五個主角都查到了，鬼故事是假的，人是眞的。」

「知道了，小伍你八字重嗎？」盤算了下，虞夏準備離開。

「欸？咦？好、好像算重？」不知道話題爲什麼突然變成這樣，小伍愣了愣。

「那你留在這邊繼續查，有找到新的線索才可以離開。」

說完，虞夏把人扔著，風風火火地跑了，後面還跟著一串小孩。

整個傻眼的小伍愣愣地看著自家揚長而去的老大，才想起來要大喊——

「老大！不行啦老大！我女朋友要來找我吃宵夜啊啊啊啊——」

□

不——是——我——

那——不——是——我————

昏昏沉沉的開始恢復意識時，他隱約看見床角有個小小的身影，紅色的眼睛憎恨地瞪著他。

你不是我！

猛地睜開眼睛時，先看見的是窗戶外大亮的天空。

房間裡非常安靜，只有各種機器運作的細微聲響，一絲淡淡的香氣從旁邊飄來，聞起來像是某種蛋糕的味道。

「玖深小弟雖然好心地送來探病禮物，不過他忘記你暫時不能吃，所以我就代勞了。」黎子泓冷眼看著坐在旁邊咬蛋糕的某法醫，「出院你要還我一個。」

「何必這樣，我們的交情不是早就已經到達了你的就是我的、我的也可以是你的這種地步嗎。」嚼掉整顆栗子，嚴司也很大方地回答：「話說回來，基於我倆如海溝般深的友誼，等你復元到可以出院時，還你一桌都沒問題。這家蛋糕還滿好吃的，充滿肥美的栗子和栗子泥，又不太甜，也沒有你不喜歡的奶油，玖深小弟還眞有心，自己都快過勞死了還專程跑遠去買探病禮。」

「進度？」按著還有點鈍痛的頭部，黎子泓看了眼旁邊的櫃子，時鐘顯示著上午九點多，又是一天過去了。

「老大鎖定了兩個傢伙，追捕中。我說你省點力氣去回想，該記得時就會記得了，反正都已經逮到他們，在陰陽兩界的合作下，總是可以找到突破口的。」戳掉最後一口蛋糕，嚴司彎身幫忙調高病床，讓不安分的傷患可以稍微半坐起身。「你這次只是運氣好所以才沒死，但是之後有什麼後遺症也沒人知道，你又不像被圍毆的同學都沒打在要害上，所以很快就活跳跳的，被圍毆的同學雖然每次看起來都血淋淋的好像很嚴重，但是其實都皮肉傷比較多、回血之快跟蟑螂沒兩樣；你可別忘了你復元能力沒他好，從大學開始就這樣，這就是超異能人士和普通人的區別。」

「……」本來還在試圖回想的黎子泓被這樣一打岔，剛好像有想到點什麼立刻也沒了。

「你大學時被劃花臉還是我盯著你快兩個月才沒有留疤的喔！」

「……」

「不然你高中在山上滑倒的那個疤留很大。」

「高中的事與你無關，而且那並不是我滑倒，那是團員……」驚覺自己開始浪費力氣在這種無意義的事上，黎子泓斜了對方一眼，真不知道這種朋友待在旁邊是要讓自己好好休養還是加速惡化，「手機。」

「手機說它不在家。」

「你直接告訴我吧，要阿司幫忙大概要等十分鐘之後。」打開房門，走進來的虞夏正好聽見房內的僵持，「重要的說一說就快點去睡覺，嫌犯不用講了，我們知道攻擊的是誰，巷子裡發生的事情也重建過現場，失火的大樓跡證差不多被燒乾淨了，不過阿柳找回來一枚子彈，鄭仲輝現在關押在局裡，我哥在盯著他。」

「他有給我東西。」頓了頓，黎子泓閉上眼睛等待暈眩過去，才繼續說道：「但是我不記得是什麼，在天花板上，他塞在我的口袋裡……」

「玖深檢查過你身上換下來的所有衣物，沒有發現其他物品。」思考了幾秒，虞夏走過去放平了床鋪，「八成是阿因把你拉下來時掉了，我會再讓人過去重新搜索，火場現在還是封鎖著，應該不至於不見。」只可能被燒燬而已，不過這句他就沒有說出口了。

點點頭，黎子泓開口：「我是在大學遇見他的……自強活動、山上，偶遇，他在山上似乎摔倒受傷，但是確認沒事之後就離開了……並不熟，也沒有任何親戚關係。」

「我知道了。」先前就差不多已經搞懂狀況，虞夏現在比較著重的是更之前的事，就是這一連串莫名其妙的開始，「最後問一句，當初他找上你的時候，你覺得他是好人嗎？」

「……我只能確認他對我完全沒有敵意。」

「好，你們兩個繼續待著不要亂跑，我派了人守在外面，小心點。」扔下話，只是趁空檔跑來確認狀況的虞夏又匆匆地離開了。

等門關上後，嚴司才轉回旁邊推推準備又要昏睡的友人，「你自強活動遇到怪人的事情我怎麼不知道？」

睜開眼睛，黎子泓斜了對方一眼，「前陣子我才曉得，那次自強活動你也剛好因為學妹的關係被送急診。」當時回來之後，這室友只卯起來向他要土產，接著就跑了也沒問什麼，就剛好只有那次活動什麼都沒追鬧，回想起來果然是作賊心虛才會這樣。

嚴司咳了聲，聳聳肩，「這就證明我們果然是默契很好的室友，連重大事故都幾乎同時發生。」

懶得跟他再鬧這種事情，覺得已經很累的黎子泓轉開身體，直接睡他的去。

盯著友人再度入睡，嚴司用力地拉拉筋骨，往身後椅子一靠，繼續等待。

他還眞不是閒著沒事幹繼續請假坐在這裡，玖深小弟也不是眞的快要過勞死還勉強自己送慰勞來醫院。

病房裡的空氣再度逐漸冰冷。

即使看不見，他也可以感覺到有某種東西在房間裡，開始顯示有點異常的電子儀器，突然出現了波動漣漪的點滴，以及傳來怪異氣味的通風口。

他看不見，但是他知道有。

掛在床頭上的護身符不斷被某種東西拉扯著，據說很有名的紅色小布包已經被扯出了很多線頭，不過還滿堅強地繼續掛在那邊。

翻開了放在一旁的書本，嚴司好整以暇地繼續和對方耗下去。

「快滾吧。」

11

「總之，現在可以知道有一堆阿飄。」

上午，被趕回家的虞因整理著手邊的物品，打算去學校一趟，不然真的四年會被他讀成八年，唯一慶幸的是，大三之後課程變得比較少，大多也可以向老師報備後窩在家裡做作品，比較彈性，可以調整時間，「而且阿飄有兩派，有一邊很凶，一直在阻攔骨頭們跟我們聯繫上。」

坐在沙發上的聿點點頭，繼續看手邊的書。

「我再問問一太有沒有其他資料，打工的地方有拜託同學幫我代班，我會盡量早點回來，你們自己在家要小心點喔。」拿幾個夾子先夾好背包開口，虞因看了下走廊樓梯，交代著：「那兩個人還在逃，你和東風不要亂跑，如果要出門，先打電話給大爸或二爸。」

翻著書頁，聿點點頭表示有聽見。

雖然還是滿擔心這兩隻自己在家，不過虞因也不能真的把自己蹺課蹺到死，又講了幾句之後，就拎著背包出門了。

房子裡話最多的人離開之後，整個空間陷入一片死寂的寧靜。

聿隨手打開了電視，今天各新聞台的頭條正在爭相報導著檢察官被綁架的案件，一貫地批評各種不力、警方刻意隱瞞眞相等等，大概過幾天之後就會消失了吧，可以壓到今天才曝光也算不容易了。

大致上又過了一會兒，樓梯那邊才傳來聲音。

「阿因去學校了嗎？」揉著眼睛，東風拖著自己的背包走下樓，「我要回去了。」他在這邊的事情也差不多都做完了，接下來只是時間上的處理問題，就不歸屬他管了。其實這幾天他們也不應該插手，看那個檢事官來回詢問就知道了，在被爆料給大眾當作娛樂八卦之前，盡快抽手比較好。

放下書，聿擋在走廊上，「不行。」

「我回家不用經過任何人同意。」推開了擋路的人，東風冷瞪了一眼，繼續前往玄關。一腳踩住拖在地上的背包，聿盯著差點摔倒的某人背後，「不行。」

用力拔了兩下，在發現背包抽不回來時，東風忿忿地把揹帶往地上一摔，「不要管我的閒事。」

「沒有管。」

「那你的手在幹嘛。」

拿起踩住的背包，聿挾著背包走回客廳，「不要亂跑。」

「什麼！」最好是變成他亂跑！東風完全搞不懂什麼時候自己的去留要經過這些人的同意了。

很確實執行虞因的交代，聿放好背包，坐下來繼續翻閱書籍。

錢包和手機都在背包裡，看著被對方管制、一定不好搶的背包，東風沒好氣地走了兩圈，「起碼可以去看我學長吧？」

「嗯。」這倒是不算在亂跑範圍裡，聿拿出手機發了簡訊。

「背包還我。」伸出手，東風決定找個時機脫離。

接著，一張卡片被放到他手上。

現在出去應該剛好可以搭到街口的公車。牢記公車表的聿把書放進背包裡，然後再把自己平常的背袋也塞進去，很理所當然地走去玄關。

「……」瞪著手上的悠遊卡，東風只好跟上去，「我看過你的案子，為什麼你可以生活得好像不介意以前……我們都知道像我們這種人，是不可能有淡忘的那天，不管想怎樣忘記，每件事都還是很清楚地在腦袋裡。」

繫好鞋帶，聿偏過頭，看著旁邊的人，「很介意。」

「也是……」無論如何都忘不掉的吧。東風咬咬下唇，知道自己剛剛是單純口快遷怒，「對不起。」

「……記得好的，比較不痛。」

然後聿就沉默了。

看得出來對方不打算再講任何話，東西在別人手上的東風也只能套了鞋子，乖乖地準備跟著出去搭公車。

一開大門，他們同時停下腳步。

被追緝的兩名嫌犯就站在大門口。

「把東西交出來。」

□

「老大！我們查到奇怪的事了！」

踏進警局不到五分鐘，正打算再去盤問鄭仲輝看看有沒有其他線索時，虞夏就看見小伍和玖深一起跑來。

「說。」接過玖深遞來的報告，虞夏打開之後看見裡面夾著幾張照片，不是人，而是首飾和寶石。

「搜索劉國棟住處時，我們從鄰居那邊問到他前妻現在的聯絡方式，早上探訪後，那個漂亮大姊向我們說了奇怪的事。」小伍咳了一聲，忽視了虞夏的冷瞪，說道：「劉國棟畢業之後一直打零工，但是他在求婚時給了大姊一顆鑽戒……就是他登山回來之後的事情。大姊說當時他應該不可能有那麼多錢，所以一直以爲是假鑽，可是後來劉國棟不知道從哪裡籌來一大筆資金創業，問了就說是朋友投資的，不過大姊完全不知道是什麼朋友，多問兩句劉國棟就會暴怒，她也搞不清楚，於是我就向她借了鑽戒回來。」

「然後我這兩天在檢閱胡欣蕾死亡時的隨身物品，雖然只有相片，但是老大你看看放大圖。」玖深拿著平板將檔案照片裡的首飾放大再放大，「有兩件寶石有磨損的跡象。」

「重新鑲嵌過。」因爲痕跡不太明顯，虞夏看著放大處，才稍微看見很細微的磨損處，不過這也已經足以讓這件寶石折低價位了。

「拿到鑽戒後，我確定那是眞鑽，等級還很高；所以我們就跑去查看看當時有沒有跟珠寶和金錢有關的新聞，範圍大約是前後五年內，結果發現了大概三十年前有一宗銀樓竊案，掉了不少東西，鑽戒和兩件飾品都在裡面，雖然重新鑲嵌過，不過成色、等級都跟失物很相似，當時也掉了三十萬現金……在那時算是鉅款了，當時店家表示正好有些黃金交易，所以準備了較多周轉金，一度以為是內賊作案。」和玖深兩人弄了一整晚，小伍很興奮地握拳，「當初記錄的目擊證人表示案發前在店家附近看見可疑的一男一女走動，八成是竊賊。」

「目擊證人呢？」

「翹辮子了。」小伍扼腕了一下。

「店家呢？」

「是一對老夫妻，幾年前也各自翹辮子了，沒有小孩，親戚表示不了解當時狀況，但是說如果有追回贓物記得通知他們。」小伍繼續覺得很扼腕，然後打算找到贓物也不要跟虎視眈眈的親戚說。

冷冷看著小伍，虞夏把報告遞還給玖深，「有可能是集團犯案嗎？」

「這點還不曉得，不過有幾則竊案很類似，但是時間實在是有點久，所以我正在聯繫其他分局幫忙確認相關案件。」玖深有點擔心地跟著虞夏開始移動腳步，「算上去當年的那些人都很年輕，這實在是……」

「等有確實證據再認定吧。」總覺得哪裡怪怪的，虞夏僅先把這些事情列入參考。胡欣蕾當年就死了，劉國棟八成會說那是哪裡買來的，不管有做或沒做，有些事情早都過了追訴期，「你們再繼續去查。」

「老大，那我等等可以出去個十分鐘跟女朋友吃午餐嗎？」昨天一通電話放人家鴿子之後，小伍從昨晚到今天一直收到來自女友的美食自拍照，他女朋友很凶殘地自己去進行了宵夜美食之旅，一口都不分給他。

「我剛剛在外面遇到她，你們可以在休息室吃，不要被一般民眾看到。」雖然很想給對方一拳，不過畢竟也是要有吃飯休息時間，虞夏乾脆就隨便了，別影響到工作就好。

「放閃光是會遭受詛咒的。」陰森森地看著竟然有幸福的女友外帶的傢伙，玖深祝對方等等吃飯踩到雷。

「玖深學長你不懂，不放閃光也會被詛咒的，這就叫作甜蜜。」一想到中午可以好好吃一頓，小伍整個就心情大好。

「你們交往多久了？」玖深有點好奇，小伍過來這裡時就已經附帶女朋友了，因爲沒看到他天天被熱線查勤，應該交往也有不短時間，所以女生才會這麼放心。

「我們是高中的班對，雖然也曾吵架分過一、兩次。」有點不好意思地抓抓頭，小伍喜孜孜地說：「她工作也很穩定，說好過兩年等我們在這邊都安定好就結婚。」

「那就不要辜負人家，快滾去認真工作！」

把兩個竟然還聊起來的傢伙踹回去，虞夏匆匆地往上走。

鄭仲輝依舊什麼話也不說，還是一樣完全不爭取律師或離開，就只坐在那邊翻畫本。

和虞佟打了招呼，虞夏直接走進室內，「你認識劉國棟嗎？」

「他死了。」很自然地，鄭仲輝看著畫本直接開口：「被他殺了。」

皺起眉，也沒想到他會回答得這麼迅速的虞夏瞇起眼，觀察了下對方的反應，注意到鄭仲輝缺乏情緒，似乎是在陳述別人的事，「汪強銘呢？」

「也死了，他殺了他。」

「他是誰？」

停下翻閱的動作，鄭仲輝抬起頭，用一種很認真的表情盯著眼前的人，「我不知道……但是他一直都在，從一開始就跟著了，他也告訴我你們沒有證據，你們沒有確實的關鍵畫面，最多只能證明我跟蹤了很久……他一直都在看著所有人，我並不想要傷害你們，所以不要惹火他，不然他會殺了其他人。」

「……我現在有惹火他嗎？」

縮了縮肩膀，鄭仲輝低下頭，用非常小的動作點點頭，「你們，管太多了。」

幾乎就在他話講完的同時，一股小小的震動從地面傳來，虞夏抬起手，看見了掌心下的桌子微微晃動著，桌腳將地面敲擊得不斷發出細微聲響。

按住桌子，他完全不去理會這種威脅，「楊采倩，你認識嗎？」

震了下身體，鄭仲輝不安地將目光轉向旁側，「我不想談這個……他說你該擔心的是你們自己，一個受傷的，一個被帶走的，去到那裡之後，就會跟他們一樣。」

聽著他講的話覺得好像哪邊奇怪，止打算追問，虞夏突然看見外面的虞佟對他打了個緊急手勢，於是他扔下又開始摸著畫冊的人，極快地走出室內。

「小聿受傷了。」關上門，剛接過電話的虞佟連忙說道，「附近鄰居聽到疑似槍響的聲音馬上報警，巡邏員警在家門口發現小聿，還好只是輕傷，不過小聿似乎摺倒一個人，聽描述應該是汪強銘，他傷得比較嚴重，兩個都已經送醫了；現場沒有看見劉國棟；鄰居有看見房車加速離開現場，現在正在追查。」

「阿因呢？」

「阿因今天去學校了，我稍早有收到小聿的簡訊說他和東風要去看黎檢，但是現場沒有看到東風，我走一趟了解狀況。」

目送走自家兄弟之後，虞夏抹了把臉，深深地呼了口氣。

他知道自己應該做什麼。

然後他推開門，再度回到室內。

「被帶走的，會去到哪裡？」

□

被送至醫院的嫌犯傷勢雖然有點嚴重，但是沒有生命危險。

聿坐在急診室旁的座椅，靜靜地讓護士包紮手臂的傷痕，然後等待著問完狀況走來的虞佟。

「車牌顯示是贓車，被棄置在公路旁，夏已經通報了各地警局幫忙協尋。」向員警們打過招呼後，虞佟在一旁坐下，「發生過程？」

拿出本子，聿用沒有受傷的左手在上面寫下一連串文字。

虞佟仔細看著字體，大致上是說他和東風要出門時突然就被在逃的劉國棟、汪強銘給堵了，不知道為什麼他們會找上門，開口就是要某個物品。

接著聿因為之前受過虞夏各種訓練而得以順利反擊，擊倒了汪強銘後發現劉國棟拿出槍，還朝他們開了一發，不過只打在圍牆上。看情勢不對的東風攔住他，直接開口說他知道東西在哪裡，還想要的話就不要再動手。

然後劉國棟還在思考時，警車就來了，他在倉促間挾了東風就跑，受傷爬不起來的汪強銘直接被棄置。

「有提到是什麼東西嗎？」

聿搖搖頭。

雖然曉得他們好像在找什麼，但是虞佟對物品沒概念，當然東風肯定也不知道，八成只是要吸引劉國棟不要再攻擊的花招，不曉得可以撐多久。

就在虞佟打算先通知自家兄弟目前狀況時，待命的員警走過來告訴他汪強銘已經處理好了，醫生縫了十幾針，現在意識很清楚。

看了聿一眼，虞佟直接跟著進治療室。

有別於照片畫面或素描，汪強銘的外表比他料想的還要蒼老許多，可能是落網後表現出來的心態讓他看起來更老，整個人蜷著身體縮在角落微微發抖著，完全失去了力量感，看來不過就是個很普通的人。

用黎子泓在昏沉期間聽見的主從對話判斷，虞佟現在可以知道汪強銘是跟隨的那個，所以槍才會在劉國棟手上，主控的人一跑，要對付跟從的人就容易許多。

醫生朝他點點頭，退出了治療室。

關上門，虞佟推了推眼鏡，坐了下來，「你認識楊采倩嗎？」

汪強銘露出有點驚懼的表情，接著顫著聲音開口：「我、我們是受害者……我兒子、是被殺的……」

「誰殺了你兒子？」

「你們抓到那個神經病，姓鄭的，他一直想殺我們，先從我們的兒子下手……我只是想防身……」吞了吞口水，似乎發現虞佟沒有攻擊性，而且年紀並不大之後，汪強銘緩慢地爬起身，離開了角落，「你們還沒搞清楚，那個瘋子殺了很多人，他一直埋伏在不同的學校附近，采倩、我兒子、我朋友的兒子……說不定胡欣蕾也是被他殺死的，那個神經病一直追在我們後面……他遲早也會殺掉我！」

「你們有私人恩怨嗎？」瞇起眼睛，虞佟環著手繼續詢問。

「沒有！」

得到對方瞬間的回覆，思考了幾秒，虞佟和緩了語氣，「您可以不用這麼緊張，我們知道是劉國棟主控這些事情，在巷子裡攻擊那兩人也是劉國棟主動的，他有槍，你只是被脅迫跟著做，我們有錄影爲證，所以你不用太擔心。」

「對對……我是被逼的，那個瘋子一直在追蹤我們，我兒子失蹤之後我們就發現了，他經常在我們附近出沒……」

「那麼被攻擊的另外一個人也是他的同夥嗎？我的意思是，協助殺人的同夥。」

汪強銘連忙搖頭，「我不認識他，阿國也不認識，我們怕那個瘋子來殺我們，所以在他來這裡時跟蹤他，發現他一直去找另外那個人，當天因爲他突然冒出來，才不小心打傷對方，可是是那個瘋子先攻擊我們……看起來他們肯定是同夥，絕對是，我兒子的死跟那個人八成也脫不了關係，你們警察可不要誣陷好人，快點把那兩個人都抓起來吧！」

「這部分我們會處理，是說您應該還沒看今天的新聞吧？」似笑非笑地看著好像鬆了口氣的人，虞佟用輕鬆的語氣說道。

「還沒……」汪強銘看見對方微笑，也開始鬆懈下來，「我會配合警方，我是被阿國逼的，我勸過他好幾次不要這樣做，但是他有槍我也沒辦法，還有那個瘋子跟同夥，他們一定要爲殺了我兒子付出代價。」

「我明白，我自己也有小孩，很懂這種心情。」繼續勾著笑，虞佟一筆一筆地記錄在本子上，「不過我也明白你非常緊張，那麼你到現在還沒認出我的臉嗎？」

汪強銘一愣，仔細地看著虞佟，接著發出了驚恐的聲音：「你、你是去看房間的那個警察──」

「常常有人說戴著眼鏡看起來會比較成熟點，不過好一陣子才認出來，你也算是第一個，看來你真的非常緊張。」拍拍對方的肩膀，虞佟很友善地繼續回到問題：「那麼請您再合作一下，為什麼你們要攻擊今天的兩名關係人？」

骨碌著眼睛不斷四處張望，汪強銘結結巴巴地回著：「其、其中一個跟……跟另外一個……就是那天和你在一起那兩個關係學生……他們跟瘋子的同夥認識……」

「你們看見他們從火場救出同夥，還不斷在說話對吧。」大致上可以猜到為什麼虞因和聿會被連繫在一起，虞佟笑了笑。

「我們只是路過……那個瘋子常常在那裡出入，只是去看看……失火什麼的和我們無關……」急急忙忙地推說著，汪強銘迴避了對方的目光：「我們、我們只是想找那個……要知道瘋子到底要幹嘛……他一定有栽贓我們什麼話，我們絕對沒有做什麼，你不要相信那些凶手……你也有看到那個房間，那個神經病會做什麼都不知道……」

「鄭仲輝供述那位疑似同夥是他的弟弟。」

「不可能！」驚覺回答得太快，汪強銘立刻改口：「我是說，那個瘋子是孤兒吧，聽說是孤兒院出來的，八成又是要脫罪的謊話，那個瘋子什麼話都說得出來。」

「我明白了，你不用這麼緊張。」站起身，虞佟打開門，向外面的員警示意，讓對方過來押人回去，然後微笑地靠在門邊，「對了，我是真的很明白小孩被傷害的心情，被你們盯上的可是我們的小孩呢……兩個都是，或你要解釋成三個也行，我不介意家裡熱鬧一點。」

汪強銘錯愕地瞪大眼。

「還有，你今天應該看新聞的，被你們打成重傷的『同夥』是一位檢察官。」

在汪強銘整個癱軟撞上牆後時，虞佟走出了治療室並撥了通電話。

「槍是劉國棟的，他們放火燒了大樓，這群人在很久以前就認識鄭仲輝了，甚至知道他進孤兒院的因由。」頓了頓，在電話另外一端的虞夏開口之前，他先繼續說道：「鄭仲輝恨他們，他們發生過重大案件，以至於鄭仲輝一直在追殺這群人，從被收容安置時就已經持續進行了，起碼有二十多年的時間，第一個受害者應該就是胡欣蕾沒錯。」

「還有，關於鄭仲輝的弟弟……」

□

「我知道了。」

掛掉通話，虞夏抬起頭，「小聿沒事，擦傷而已。」

在一旁等著的虞因這才鬆了口氣。

他今天上午的課上完之後，本來想趁著下午空堂去找一太問看看有沒有其他訊息，但是不只一太，連阿方都找不到，打手機也沒人接。後來在球場找到阿方那群朋友，對方跟他說他們最近常常沒來學校，不過他們本來也就在等畢業了，所以還算正常。

讓虞因發毛的是，那個同學說一太有託他們帶話，叫他們看見虞因時要他趕快回家。

接著他匆匆忙忙趕回去，看見門口有警察，打了聿的手機是關機的，問了下就趕來警局探消息。

「不是叫你不要亂蹺課嗎。」收起手機，虞夏直接往虞因耳朵拉下去，「你下午的課呢？」

「痛痛痛——下午是實習課，有向老師報備回家做作品了。」連忙閃到一邊，虞因揉著發痛的耳朵，「小聿他們會往這邊過來嗎？我有順便買一些吃的……」

「……小聿會過來。」沒打算把狀況細說，虞夏瞥了對方一眼，「你去辦公室待著，不要亂跑。」

也不知道自家二爸是在急什麼，虞因只覺得他們氣氛不太對勁，於是也乖乖地拎著背包先走進辦公室。

在關上門的那一秒，他感覺到周圍的氣溫突然驟降，帶著怪異氣味的風從身邊颳過。回過頭，一道惡意的紅色目光直接與他對上，那是站在桌上的黑色小人影，像是要淌出血液的深紅色眼睛惡狠狠地瞪著他看，從那裡傳來了逐漸濃烈的腐敗氣味，沾染了泥土與血液，在某種空間中靜靜敗壞的惡臭。

摀住鼻子，因爲那個味道實在太強烈了，虞因整個反胃感湧了上來，這味道並不陌生，甚至之前曾聞過幾次，那是屬於屍體的味道。

黑影張開了嘴，從那裡發出低低的嘶鳴聲。

對於他們這些外來者的憎恨、警告和強烈的排斥，「他」並不希望讓外人插手這些事，因爲這些是他們的恩怨，總有一天得清算。

因爲那些人，應該還。

虞因知道那些骸骨是相關死者，也知道他們可能遭遇的事，但是眼前的黑影有著超出骸骨們的憤怒。

所以，他終於知道阻攔他們的是誰了。

也因爲這樣，這個人才會這麼憎恨地說不是他。

他的意思並非人不是他殺的，和鄭仲輝講的方向不同，他講得更單純。

黎子泓不是他。

所以那個敲門的人影看起來才會那麼巨大，因爲在門內看著的不是成人，是小孩。

「你才是鄭仲輝的弟弟對吧。」

黑影發出銳利的尖叫，室內整個震動，搖晃得很厲害，放在桌上的公文卷宗被震下桌，散了一地。

按住耳朵，虞因被那種鑽腦的尖叫聲喊得整個頭都在暈，好不容易站穩之後，那黑影已經不見了，但是更大的黑影從桌子另一邊站起來。

看清楚那是什麼東西後，他一整個覺得慘和完蛋，站起來的竟然是應該有人看守住的鄭仲輝，就這樣活生生出現在他面前。

兩秒後，虞因就聽見外面傳來了騷動，不用仔細分辨他大概也可以猜得到是眼前這個人突然消失引起的。

轉頭想要先逃再說，結果虞因發現更慘的是，門整個鎖死……應該說門並沒有鎖，但是緊緊地卡死，把他和巨大的嫌犯關死在同一個地方。

電燈開始閃爍，光影跳動之際，他看見了黑色小人影從鄭仲輝的背後爬上來，吸附在他耳邊發出了嘶嘶聲，接著鄭仲輝的眼神越來越不對勁，甚至透出了毫不隱藏的憤恨殺意。

「你們都該死。」

張開嘴吐出了森冷的話，鄭仲輝慢慢逼上前。

虞因那瞬間看見了黑影眼中的喜悅，與憤怒恨意交雜在一起，幾乎扭曲的強烈反應。

接著，他看到從鄭仲輝手上掉出畫本，畫本落地瞬間，本來要朝他逼過來的人突然有了不同的反應，整個人似乎動搖了下，竟然低頭去撿畫冊。

畫冊上的人像他很熟。

「你如果繼續在這邊惹麻煩，黎大哥也會不高興。」轉了轉門鎖，還是打不開，虞因只好硬著頭皮先自救。

鄭仲輝抬起頭，染上了一絲疑惑的神色，「我在保護他，我永遠都會保護他……我們沒有做錯，該死的是他們、是你們……外來者都該死……」

「是你弟弟告訴你這些嗎？」看著男人肩上的黑影，虞因逐漸有了某種想法，「他一直這樣告訴你？」

「不是……那個人、是那個人說的……我弟弟在醫院……你們說正在保護他……是那個人殺的，不是我……」

黑影發出了咆哮。

「那個人是誰？」倒退一步撞在門板上，虞因忍耐著那種尖銳的聲音。

「不知道、我不知道，他一直都在，他什麼都知道……」有點慌亂地也往後退開，鄭仲輝緊緊抓著畫冊，「不不不……他說的沒錯，我弟弟會不高興，這個人說的沒錯……他不能再受傷了……他們不是壞人……」

注意到鄭仲輝後面那段話是在跟空氣說，虞因證實了自己的想法，對方或多或少聽得見也看得到，「那個人會危害到你弟弟，你有看過你弟弟身上的瘀傷嗎？」

「看過……不對……我弟弟跟這些事情沒關係，他還活著，他人好好地活著……」

「你是用什麼方式確定黎大哥是你弟弟？世界上長得像的人那麼多，何況你們已經很久沒見過面了。」看見黑影因為鄭仲輝的反駁也變得有點慌張，不斷地朝著他的耳朵嘶吼或低嗚，那種惡臭越發強烈，虞因也不知道自己賭的方向對不對，只能咬牙硬是繼續說下去。

鄭仲輝轉過頭，直視虞因，非常肯定地開口：「我弟弟，以前一起住在山上時，曾從樹上摔下來，腳上有一道疤痕，我確認過了，黎子泓就是我弟弟，他腳上也有一樣的疤。」

黑影發出憤怒的吼叫聲。

「如果你真的確定黎大哥是你弟，那麼你應該保護他，『那個人』的話你不能再聽。」

室內劇烈地震動著，放置檔案的鐵櫃玻璃整個爆開，碎片四處飛濺，虞因連忙保護著自己，「你要分辨重要的是誰！你最重要的是誰？」

「是我弟弟。」鄭仲輝大聲地回應。

剎那間，虞因聽見了像是絕望的悲鳴聲，充滿了各種不甘以及怨恨，像是潮水般灌入他的腦袋裡，那一秒，他幾乎被這種情緒衝擊得難以呼吸，然後黑影從鄭仲輝的身上掉下來，瞬間蜷縮得很小，在地上掙扎爬動著。

最後，黑影竄入了角落，就這樣消失了。

「你弟弟是檢察官，你應該要幫我們。」

12

虞夏撞開自己辦公室時，迎接他的是整間亂七八糟的房間。

活像被轟炸過，疊好的卷宗資料全都滿地混在一起，可以炸的玻璃、杯子也全都炸光了，連燈也無從倖免，就差那些桌椅櫃子或是較大型的家具沒跟著罹難。

鄭仲輝坐在地上，一臉失魂落魄的樣子，整個人表情很空白，也沒有意識到剛剛破門的巨大聲響。

一偏頭，虞夏就看見自家小孩趴跪在旁邊地板上，「阿因你在幹嘛！」

「……我在體驗被門打飛的劇痛。」剛剛站在門前的虞因根本不知道外面的動靜，他專心盯著那個黑影消失的空間時，後面的門板整個掀開來，把他給搧飛到旁邊去，炸玻璃時沒炸到他，但是他差點被門打掉半條命，痛到一下子爬不起來。

「你也閃太慢。」完全不覺得哪裡不對的虞夏拽起了鄭仲輝，「明明有人看著，你是怎麼跑出來的！」

「你絕對不會想知道是怎麼跑……」

「阿因你說什麼？」

「我什麼都沒說。」連忙閉上嘴，虞因按著還在痛的背部，齜牙咧嘴地爬起身，「那個阿飄跑了，二爸你快點問他。」

虞夏愣了愣，狐疑地來回看了看兩人，然後扯著鄭仲輝走出辦公室，「不要再給我亂搞。」

「我可以見我弟嗎？」停下腳步，鄭仲輝突然開口。

「黎檢同意的話。」

鄭仲輝很高興地勾起笑容，虞夏還是第一次看到這個人沒那麼神經兮兮的樣子。

「我會跟你們合作，那個人不在了，我會保護我弟弟。」

看著虞夏扯著人離開，虞因靠在門邊鬆了口氣。

他身後的空氣依然冰冷。

黑暗角落中，被拒絕承認的存在發出仇恨低鳴。

「雖然很對不起，但是你不覺得，起碼不要讓你哥哥繼續這樣下去嗎？你應該早就要去別的地方了吧……雖然我不知道在哪裡，可是你一定知道。」雖然還搞不懂到底會去哪裡，不過虞因知道不在這邊。

不管去到哪裡，總之不是在這裡。

因爲他們已經不一樣了。

再怎麼想留下來，也已經不一樣了，然後就會逐漸地、逐漸地看著自己變成黑暗的顏色，將自己完全扭曲，將他人完全扭曲，把原本可以得救的人推進深淵裡，最後也成爲另一種東西。

赤紅色的眼睛依舊怨恨地瞪著。

我們會一直憎恨下去。

「但是你們也已經不屬於這裡，放過你哥哥吧。」

一直在保護他的是我！你害死他的！你害死他的！

說謊的騙子！

黑色的陰影撲來之際，虞因反射地抬起手，一股巨大的衝擊讓他往後撞上牆面，強烈的劇痛從背脊傳來。

他突然覺得透不過氣，一呼吸就像是火在燒，脖子像是被人扼住，無法把那種說不出來的不快感吐出去。

很難過，而且很不好受。

可是沒有選擇。

□

「外來者都是兇手。」

「我們原本就住在那個地方，那座山是我們的，房子也是我們的，我爸爸花了一筆錢，買材料蓋了房子，我跟弟弟出生之後就住在那裡。」

「然後，他們來了，搶走屋子、爸媽、弟弟，還貪心地要繼續搶走所有東西，不死心地繼續找、繼續一直找，那個女的還要我帶她回去找……」

「他們都該死。」

縮在椅子上，鄭仲輝一邊說著，一邊用手敲著腦袋，想要趁「那個人」不在的時候告訴他們更多事，「『那個人』說他們應該死掉，貪心、惡毒，然後我們要找到他們，一個一個讓他們死，每個都應該去死，但是我找不到我弟弟。」

「你是從哪裡知道你弟弟還活著？」看著精神狀況還是不太穩定的人，虞夏皺起眉。

「……忘了，可能是他說的？外來者說的？對……應該是外來者說的，我掐住他的喉嚨……不對，是『那個人』掐住他，我們必須殺了他，他在掙扎，然後說我弟弟跟他沒有關係，如果我放過他，他就告訴我弟弟在哪裡。」抓著腦袋，鄭仲輝露出了氣憤的表情，「但是他跑了，不見了！後來我找到時，『那個人』馬上殺死他，所以我一直都在找我弟弟……他就出現了。」

「在山上嗎？登山隊？」從嚴司那邊聽過了說法，虞夏試探性地詢問著。

「他問我還好嗎，他想幫助我，我看到他的名字，名字不一樣，但是臉……臉跟小時候很像，我很高興，我覺得他幫到我了，但是他不記得我……我想應該和我一樣吧，被其他的人帶走了，忘記家裡了，我覺得這樣很好。」一反剛剛的怒意，鄭仲輝的神色平緩下來，從手臂間有點高興地看向虞夏，「我努力地蒐集，想知道他過得好不好，被關的時候我也在看他，一直看心情就會變得比較輕鬆，不過『那個人』不准我跟他有來往，他會生氣，但是我還是……很想知道，我已經沒有別的家人了，我只剩下他，他成就很好，所以這樣過下去比較好。」

「那為什麼又突然接近他？」

「因為我要保護他！」猛地沉下聲音，鄭仲輝陰冷地開口：「你們根本搞不懂狀況，每個人都要對付他，所以我要保護他，就算『那個人』也不能阻止我保護家人，所以我一直在等著……而且他真的認出我。」

「在那之前，你知道你被劉國棟和汪強銘跟蹤嗎？」

「他們死了。」

「……你知道有兩個人一直跟著你嗎？」也不曉得為什麼對方會堅持劉國棟兩人已死，虞夏只好折衷地問。

這次鄭仲輝點頭，「知道，我不認識他們，我以為是別的仇家、有可能是我弟的仇家，很多人都在攻擊他。他們一直跟我要東西，不曉得來路，我發現他們有槍時就打電話給我弟，說附近很危險，要他保護好自己不要出來，我會像以前一樣保護他。」

「但是一聽到你有麻煩，黎檢反而衝出去對吧。」虞夏完全想得出來當時的狀況，難怪黎子泓出門會那麼緊急。有時候他真的覺得身邊的小孩和年輕友人不知道該說是腦殘還是怎樣，明明知道出去只會捱棒子，在那種狀況下基本防身術根本不夠用，竟然還硬把腦袋湊上去，真搞不懂這些人到底是不是活膩了，起碼先好好訓練過再衝吧，衝出去只是被雙殺有什麼用？像小聿這次撂倒對方他就覺得還不錯，但是也不值得鼓勵。

「對，我也嚇到了，而且他還受傷，只有我能照顧他。」鄭仲輝瞇起眼睛，然後再度敲著腦袋，「『那個人』攔住他們，然後『他』幫了我們，我帶著我弟上車逃走，我有安排很多可以住的地方，我不想被外來者找到，那些外來者到處都是，說不定他們也是外來者找來要害我們的，所以我們一直躲著，我會保護他，我也可以保護他，但是你們破壞了……都是你們，才害他被發現。」

「如果是保護，我們的立場跟你一樣，你不用對我們有敵意，我派出了員警二十四小時守在醫院，轄區也加派巡邏，還有個醫生在照顧他，那兩個人沒機會襲擊他。」頓了頓，虞夏斟酌著說道：「他會恢復的，之後重新回到工作上，就像你說的，他這樣的生活比較好，對吧，所以他會努力回去，你可以看著他沒關係。」

「對……這樣好，這樣比較好。」抹了把臉，鄭仲輝喃喃地低語，「這樣比較好……他這樣才是最好的……那些外來者，只要殺了他們就好……沒事、一切都沒事……」

看著對方似乎又陷入自己的迴圈中，虞夏試探性地拍拍他的手臂，「你記得那則鬼故事嗎？你告訴一家餐廳的……」

「鬼故事……啊……他們嗎？」再度抬起頭，變得有點精神渙散的鄭仲輝歪著頭，思索著，「他們死了……不是我，那不是我，是『那個人』殺了他們，我什麼都沒有做……我搞不懂為什麼，他們是好朋友，跟釆倩一樣……我不懂為什麼……我不知道他們為什麼消失了……不是我……那不是我……我沒有做那些事情，我不懂……是『那個人』……你們要找到他們……我不懂！我不知道為什麼！」最後發出了咆哮聲，用力地敲擊著桌面，鄭仲輝把桌子往旁邊掀倒。

「那不是我！那不是我！相信我……我沒有！」

幾名員警衝進來，壓制住整個發狂的鄭仲輝，用力地將他按在地面。

「那不是我！」

□

「那絕對是他，他是殺人凶手。」

「謊話連篇。」

「凶手，他殺了我兒子，還有阿國的兒子，說不定還有其他人的兒子，釆倩、胡欣蕾都是他下的手。」

「他是神經病！瘋子！」

「他什麼話都講得出來！」

「凶手！」

被按進偵訊室的汪強銘忿忿地怒罵著：「我們跟他無冤無仇，我根本不認識他，我兒子失蹤前，這個人一直在我兒子的學校繞來繞去，還欺騙了他同學，然後我兒子就被他殺了！瘋子！我們只是要保護自己，他遲早有一天會殺我們！」

「在巷子裡，也是他先攻擊我們，不然我們才不會錯手打傷那位檢察官！」

「什麼屋子、弟弟！鬼才知道他又在講什麼瘋話！」

「我們是被逼的！」

虞夏離開偵訊室後，走出了走廊就看見虞因和聿正在飲料機旁邊投飲料。

回到警局後，虞佟騰了空先去做報告，以免幫顧問縈盯案的檢事官又跑來催，他們都還沒有告訴虞因，關於東風被劉國棟帶走的事。

但是他想，聿應該已經說了。

拿著飲料罐，虞因盯著機台出神，那是很擔心的表情。

還沒開口說點什麼，遠遠地他就看見小伍跑過來，「老大老大，有消息了，楓港的弟兄說攔截到我們發布的人，但是他換過車了，一度衝破攔檢拒捕，不過還是抓下來了，車上搜出了槍枝，會按程序轉移過來給我們。」

「小的呢？」

「聽說車上只有劉國棟，沒有其他人。」小伍搖搖頭，看了虞因兩人一眼，「正在擴大搜尋，劉國棟推說他早就在半路自己逃走了，也不知道是真的還假的……不過根據追蹤的監視器畫面，他們在過台南之前一直都在同輛車。」

「再去查看看。」虞夏也不想先預設什麼，僅能先多找些人幫忙了。

就在小伍應聲要繼續去追蹤時，下面大廳傳來一陣騷動，接著幾個小隊員興沖沖地拉著人跑上來，「老大！回來了！」

虞因遠遠就看到被拱上來的居然就是被挾帶失蹤的東風，還穿著很大件的外套和一頂不知道哪來的棒球帽，連一旁的聿也瞪大眼睛。

「沒事吧？」看人似乎沒受什麼傷，虞夏這才放下心。

默默地轉過頭，東風冷冷瞪著旁邊的聿，接著把手伸出袖子，將卡片按到聿的臉上，

「下次你再拿走我的背包，我就揍死你。」

「你怎麼回來的？」虞因也很訝異，東風的東西全都掉在現場、也就是在聿這邊，身上應該一毛錢也沒有。

「……趁劉國棟去買東西，想辦法逃走之後遇到一輛重機，對方在環島兜風，所以讓我搭了一段順風車，接著轉了幾次車過來。」因爲身上沒現金，東風只好很克難地自己滾回來，「卡片裡的錢快用完了。」

「你應該直接向最近的派出所求援，這種做法並不好。」虞夏搖搖頭，並不同意這種行爲。

「總之回來就好，不要計較了。」大致上也了解東風超討厭跟警方人員有交集，八成不會主動前往求助的心態，虞因連忙打圓場，「不過你這件外套也太大。」

「那位騎士送我的，還有吃的。」從一樣很大的口袋裡掏出兩大包的蛋，東風面無表情地把茶葉蛋塞給小伍，「他聽到我還要轉車回警局，就一直要我帶回來，說要請你們。」

「啊，這個在台南很有名。」小伍眼神發亮地看著茶葉蛋，「我女朋友一直在說下次去玩要一起去吃。」

「宵夜等等再去吃吧，劉國棟晚一點會被送過來，給我專心工作！」

把小隊員趕回去之後，虞夏看了眼三個小孩，「阿因你先帶東風去梳洗，然後看好兩個小的，等等會有人過來做筆錄。」

「收到。」

□

「所以他們要什麼東西啊？」

因爲虞夏的辦公室亂七八糟的還沒整理，虞因只好帶著聿和東風先借了鑑識科的休息室，大致上把目前的發展說給他們聽，「鄭仲輝自己都沒概念。」

「誰知道。」沖洗過後，東風拉著玖深借的衣褲走出來，「那時候他們拿出槍，我也只好先騙他說我曉得，才把他引走。」

聿一邊剝著茶葉蛋，默默地咬著。

「那他幹嘛要下南部？」虞因比較疑惑這點，聽其他人說，劉國棟幾乎是一抓到人就馬上驅車下南部，還走了很多替代道路，才會讓他跑那麼遠。

「我跟他說，他要的東西在最開始的地方，他就突然發瘋似地南下了。」不過東風大概有個底，對方的終點絕對不是在南部，僅是經過而已，照這路線和發展，他要去的恐怕是鬼故事最開始的地點。

幸好沒真的讓他去成，他可不想要爬山爬到暴斃這種死法。

「不過他們到底在找什麼？會是黎大哥說的那件嗎……」

「黎檢說的物品沒找到喔。」正好路過休息室，阿柳探頭進來，「我們今天把整個房間和灰燼都翻遍了，連牆壁上的子彈都挖出來，就是沒有找到黎檢說的東西，也沒有找到鄭仲輝講的那玩意，搞不好是真的燒掉了。」

「長什麼樣子？」雖然不知道是不是劉國棟他們要找的，不過虞因還是很好奇。

「大概巴掌大小吧，據說是個縫死的花布包，很久以前楊采倩送給鄭仲輝當紀念的東西，鄭仲輝怕有人跟蹤，出去時會發生什麼萬一或是被攻擊，就先放在黎檢身上。」不過忙了一整天在那些灰和燒剩的殘骸裡翻來翻去，阿柳還是沒找到疑似的物體，當時火勢不小，燒掉的機率比較大，所以並不抱持著太多希望，「那我先去忙了，你們好好休息吧。」

關上休息室的門，虞因一回頭，才看到東風早就窩在椅子上睡著了，聿正在剝第二顆蛋。

「你也吃一吃先休息一下吧。」這樣一說，虞因馬上看到那顆脫殼蛋遞到他面前。一整天混亂下來，他突然整個人有點脫力，這兩天大家都很緊張，現在不管是鄭仲輝還是劉國棟，兩人都已經被扣押，鬼故事背後的實情也持續在追查，看來事情差不多可以告一段落，想到這邊整個人就稍微輕鬆了，而且連肚子都開始感覺到餓，他也就不客氣接了茶葉蛋。

才剛咬下去，就聽到某種喀喀喀的聲響從一邊傳來。

面無表情地轉過頭，虞因果然看見兩具骸骨就站在門邊，直勾勾地盯著他看，一整個好像來監工的樣子。

「警察已經在幫你們查那些事情了，就靜待消息？」雖然很想說如果等不及請出去隨便右轉還左轉，看警方洽公他們會更有紓解感之類的，不過虞因還是把話給吞回去，一旁的聿也整個人坐正，往無物的空氣看去，「不然就幫忙找看看所謂的『東西』？」

其實虞因也只是隨口說說，但是骸骨馬上就對他的話起反應，其中一具緩慢地抬起手，指向了他壞掉的背包。

虞因和聿幾乎同時一起轉頭看向自己的背包。

「最好是在我的背包，裡面只有筆記本和兩包餅乾。」最近的好兄弟還學會沒事找人消遣娛樂了嗎。

靠過去拿起背包，聿在裡面翻了翻，掏出雜物，然後又掏出一小卷細鐵絲和一把筆，最後從最底部拿出來的是連虞因自己都沒看過的黃色小鴨束口袋。

「這是啥東西？」接過束口袋，虞因半是疑惑地拉開，接著頭皮整個發麻了。

從小鴨袋子裡倒出來的是個縫死的粉色花布包，看上去已經很陳舊了，正好差不多巴掌大小，摸起來裡面裝的還是硬物。

「……應該不會被二爸掐死吧。」

□

這是我們所有人一起犯下的罪孽。

我的名字叫作楊釆倩。

二十五歲。

幾年前，當我就讀大學時，認識了校外的一些朋友，組成了校外的活動團體，爬山、涉水，都是很健康的活動，我們從來不進撞球間之類的場所。

我們最後一次出遊，是相約東部爬山，行程約五日，有一名新手，團員共計五人，劉國棟、汪強銘、林博遠、我，以及胡欣蕾。

第二日時因爲路段不熟出了差錯，致使我們錯過山屋，走進了非行程的路線。

原本打算就地尋找適合的地方紮營，不過博遠往前探路時發現山裡有住家，估計應該是在地山胞，所以我們決定前往借宿。

來應門的是個小孩子，大約五、六歲，長得很可愛，意外地那竟然是平地人的住家。

我們也不知道爲什麼會有一般人住在這種地方，而且是一對夫婦帶著小孩子。他們非常不想讓我們進去，但是在苦苦哀求下，還是借我們入住一晚，亦好心地煮了熱食讓我們吃飽。

我對他們心懷感謝，至今如此。

那天晚上，當我在半夜被搖醒時，我還不知道發生什麼事，只看到劉國棟和其他人都進了房間，接著劉國棟告訴我們屋主有很多現金，他睡到一半起來上廁所時，看見屋主夫妻在房間裡點算著大量現金，通通收藏在衣櫃裡。

那筆錢，超乎他們的想像。

他們說，反正是在山上，拿一點應該不會怎樣。

他們覺得，其實每個人手頭上多多少少都有欠缺一點，那麼多的錢，足夠繳出幾次的學費、還掉欠缺的租金或是塡補不夠的生活費，也可以讓父母不用爲了籌措金錢兩頭燒。

我不想參與，但也無法勸說他們不要拿不是自己的東西。每個人都覺得或許可以拿一點，那些錢太多了，只要拿一些就可以了，只有一點的話，屋主們暫時是不會發現的，等到他們發現時，大家已經離開這裡，絕對不會有問題。

他們計畫要把屋主先騙出房間，然後偷偷拿一些回來。

然後胡欣蕾就走到庭院，假裝摸黑去廁所不愼摔傷，讓屋主夫妻急急忙忙出來幫忙她，他們帶著她回客房，要幫她推拿包紮。

其他人應該是這時候進了屋主夫妻的房間。

然後我聽見了小孩子的尖叫聲，不知道爲什麼，還沒睡的小孩發現了劉國棟他們在屋主的房裡，叫著跑出來，不知道是誰追了上去，聲音消失在後面廚房或浴室方向。

再來是發現異狀的屋主夫妻憤怒地衝出來，發現了所有事情。

我只能把自己關在客房裡不敢出聲，用力地摀住耳朵，等到所有聲音停下來之後，我走出房間，發現他們都已經死了。

屋主夫妻被勒死在客廳裡，劉國棟他們說只是一時失手。

所有人都坐在客廳發呆，我們不知道該怎麼辦，然後我想起那個小男孩，汪強銘就推說不要管了，也不要去浴室。

最後，劉國棟說這間房子在這種深山裡，不會有人發現這裡的事，只要我們不說，就不會有人知道。

反正他們已經死了，也不會再用到這些，所以就全部拿走吧。

他們從房裡找出了很多現金，一共有六十多萬，還有不少珠寶首飾，劉國棟把所有錢和東西分成五份，讓每個人各自拿一份，在這筆鉅額前面，躺在那裡的屍體對他們來說好像已經不算什麼了，大家的眼睛裡只有錢。

我們都是共犯。

屋主夫妻被他們拖出去，趁夜扔進附近的山溝裡，所有人開始收拾行李，準備天一亮就原路返回起點，然後離開東部。

就在我們整理時，我突然發現了可怕的事情，掛在屋主夫妻房間的合照有四個人，他們有兩個孩子而不是一個，有另外一個比較大的男孩，櫃子上還擺著沒吃完的感冒藥。

劉國棟他們都瘋了，屋前屋後不斷地找，一直找，但是都沒找到另外那個男孩子，我也希望他們找不到。

我更希望所有事情都沒發生過。

之後，天亮了，我們始終沒有找到那個男孩子，最後我們下了山，大家絕口不提這件事，就這樣各自回家，假裝什麼都沒有發生過。

後來林博遠告訴我，那些珠寶也都是眞貨，其他人都各自想辦法兌現了。

我對這些沒有興趣。

我不敢花用這些沾滿血的錢。

沒多久，我就聽見胡欣蕾在山區死亡的消息。當時我自私地想著，她或許是還想再回去看看有什麼值錢的東西？因為貪心所以才失足摔死在那邊。

離開學校之後我不斷打聽，最後終於又回到東部，然後我找到了那個男孩子。

他被收容在當地機構，聽說他受了很大的打擊，完全失憶，我也完全不敢去想他到底記不記得什麼，或者是他當天到底有沒有看到什麼。

我就只能贖罪，幫忙他任何事情，教他讀書讓他學習。

我也知道，總有一天我會發現他的失憶都是假的，只要我眞正地面對他，我就會發現他的眼中有恨。

將這些錄下來，是希望報應來臨，我們應該償還這些事情。

他向我提出想回家看看，我也答應了。

我們借住在進山之前的餐廳裡，我……應該已經下不了山了，當年的錢和珠寶我都沒有動過，我將這些東西埋在旅館後面的大楊桃樹下，警方需要的話可以很快找到。

我是罪有應得，沒有資格恨別人。

出發前我將錄音的事情告訴了劉國棟，希望他們能夠爲自己所做的事懺悔與付出代價，天理昭彰，不論現在過得多好，總有一天都會有報應。

我們一定都會下地獄。

所有人。

「老大已經調派人手，準備和當地警方合作進山搜查。」坐在病床邊削蘋果，嚴司直接削出了腦袋開花的蘋果片，「他們去電請餐廳那個巴庫跟個警察去挖楊桃樹，因爲滿久了，東西變得有點深度，不過眞的挖出了一袋爛掉的錢和好幾件珠寶，其中的珠寶確定都是三十年前竊案裡遺失的。」

「鄭仲輝的父母才是竊盜。」按著手上的平板，黎子泓慢慢看著案件的進度，以及其他人寄來的郵件，「他們打算等風聲過後再走管道處理那些珠寶，或是自己改過轉賣掉，現金則是分批使用。」

虞因找到花布包之後，虞夏等人拆開了縫線，裡面是一卷舊式的卡式錄音帶和兩張小張的照片。

卡帶裡是楊采倩的錄音，雖然沒有很長，但是已經完整交代了當年發生的事。

劉國棟和汪強銘聽了之後都沉默了，之後劉國棟在要求律師後全盤否認，甚至指稱卡帶裡的女聲並非楊采倩所有。

雖然如此，持槍等事件還是可以先追究的。

黎子泓打開了信件附檔，是那兩張泛黃照片的掃描圖像，一張是鄭仲輝的四人全家福，另外一張則是楊釆倩和十二、三歲的鄭仲輝。楊釆倩笑得很漂亮，表情卻隱隱蘊含著一絲悲傷，頭髮的長度與現在的東風很像，身高也很相近。

「他會誤認你也算是情有可原，他弟和你小時候的樣子猛一看還眞的有點像，不過仔細看就不像了。」看過照片後，嚴司也只能說他前室友衰，沒事還跟人家小弟長得神似，才搞出這種無妄之災，「不過算起來，他弟要是還活著，應該比你大一點吧。」

「嗯。」

雖然這次案子不歸他管，但基於同事關係，顧問縈還是寄了一份大致敘述給他，對於劉國棟兩人，檢方會以針對傷害和持槍爲主，再持續地追蹤舊案，不過就不要對舊案抱持著太大的希望了，畢竟年代已久沒什麼證據，大部分的關係人也都已經亡故，當初唯一的活口精神方面不穩定，無法完整地陳述案子，可能就不了了之了。

他們現在比較在乎的是鄭仲輝過去幾年來陸續殺人的事。

檢警幫鄭仲輝做的心理評估說明了一些狀況——他強調劉國棟兩人已死，很可能是當年打擊太大，以致他的某一部分一直將那五人的年紀停留在大學時代，也因此無法辨識已經變老的兩名凶嫌，才會在多年之後以兒子替代。

「那兩個歐吉桑從頭到尾都以爲對方還在追殺他們，結果對方根本已經當他們是陌生人了。」啃著蘋果片，嚴司嘖了聲：「最倒楣的應該是那兩個兒子吧，沒事揹了他們老子的孽……你怎麼了？」講了幾句才發現病床上的人似乎沒有很仔細在聽，而是緊盯著報告，露出某種若有所思的表情。

「……只是覺得不大對勁。」看著報告和評估，黎子泓總覺得不止這樣，但是一想認眞思考，頭又開始痛起來。

「你還是繼續乖乖當傷患吧，你爸媽還要我保證他們到的時候可以看到活跳跳的兒子，別害我被算帳。」其實也大略可以看得出哪裡不對勁，不過嚴司可沒有那種好興致去攪工作，他現在可是假期中。

「鄭仲輝不是要來嗎？」實際上這樣不太好，不過他和虞夏取得共識，覺得這一趟的確有必要，所以虞夏也安排了行程，應該差不多快到了。黎子泓看了眼時間，關掉了平板。

「差不多了吧。」嚴司也有接到這個消息，不過其實他是很反對的，「那傢伙現在還死認著你是他弟不放，這種會面實在是很危險。」

「我想兩位虞警官都在場的話，應該沒有所謂實質上的危險吧。」說到危險，黎子泓反倒不覺得有必要擔心，虞夏那邊講得很明白，鄭仲輝有攻擊性，所以他和虞佟會全程在場，同時也會攜帶必須的人手與檢方的人，這樣說起來，應該是鄭仲輝比較危險。

而且有些事情必須盡早說開解決，再這樣下去並不好。

還是站在反對立場的嚴司嘖了聲，拿起了收到簡訊的手機。

「好像到了。」

□

押著鄭仲輝來的是虞佟和虞夏，帶著小伍和另一名資深隊員，門外也布置了人手作爲應變，然後就是一名檢方派來的代表。

鄭仲輝表現得非常安分，甚至有點高興。

看著對方，黎子泓心情實在有點複雜，「我並不是你弟弟，你認錯人了。」他大可以以鄭仲輝的兄弟自居，在案件上肯定有許多助益，但是這種方式是錯誤的，一定要盡早修正才行，「我有聽說腳上傷痕的事，那道傷口是我高中爬山時，同行的團員裡有新手不熟悉古道以至於摔落斜坡，大家合力將他拉上來的時候，我不小心滑了一下，因此被割傷，你誤會了。」

盯著他看了半晌，鄭仲輝只露出一種讓人很難理解的微妙表情，沉默了有一會兒，才開口：「我知道。」

「呦？這麼乾脆？」一旁的嚴司有點意外地挑起眉。

「你只要知道我一定會保護你就好了。」無視旁邊的陌生人，鄭仲輝很誠懇地說：「不管做了什麼都一樣。」

「什麼……」愣了愣，黎子泓正想追問那句話的意思時，對方已經自顧自地講起了另外一件事。

「我們徐家只有一條規矩，就是永遠會照顧自己家人。」鄭仲輝很認真地說道。

思考了幾秒，黎子泓有點遲疑地開口：「雖然並沒有血緣關係，不過等一切事情都結束後，有需要和困難可以再來找我幫忙。」

鄭仲輝只是點了頭，沒再說什麼。

打破了沉默的空氣，黎子泓伸出手，「請和我約定好，未來我們還會有可以喝杯茶的機會，就像前幾天那樣。」

虞夏拍了拍鄭仲輝的肩膀。

看了看周邊的人，鄭仲輝伸出手，握住了黎子泓的手。

「好。」

之後的事，就按照流程繼續追查。

在巷子裡採集的各種證物上全都有劉國棟兩人的證據，槍枝和子彈也完全吻合，黎子泓被攻擊的案件差不多足以定案。

對於楊采倩錄音一事兩人皆矢口否認，甚至回控錄音帶可能造假，在沒有殺人證據下，不足以採信。劉國棟甚至供稱大學時代因爲和楊采倩曾有過不爲人知的私下交往，對方很可能心存報復才製作這種假錄音來陷害他們。

接著在律師的出面下，他們完全緘默，讓律師全盤處理和抗辯。

律師提出對鄭仲輝的質疑，不論是在殺人嫌疑上或是精神上都有很大的爭議空間，劉國棟兩人會在巷子裡攻擊他們，有很大一部分是爲了自保，畢竟兩人的兒子都疑似被害；鄭仲輝的案底和攻擊性的確會迫使人不得不做出如此的過度反應，如果因爲這樣波及到黎子泓，也只是無意的錯手，針對誤會傷害部分他們也願意賠償請求和解，聿和東風方面也是一樣。

案子在媒體不斷播放下鬧得沸沸揚揚，持續著。

□

那不是他。

那是……

他記得了，那個時候，那一天，因爲傍晚在附近的溪邊玩耍，所以回家之後發燒了，有點暈暈的，爸媽一邊沒好氣地唸著，一邊給他吃了退燒藥，要他乖乖在床上睡一覺，等明天天亮了，帶他下山看醫生。

夜晚，他突然清醒了。

在他們家裡，只要生病看了醫生，那幾天就會有糖果，一邊吃很苦的藥，一邊就會拿到糖，有時候媽媽還會削蘋果。

他突然覺得，如果生病可以生更久一點就好了。

所以他趁著家裡好像有客人時，拿了外套偷偷從窗戶爬出去，快快樂樂地跑去爸爸爲他們搭蓋的祕密小屋再吹一下風，這樣多生點病就可以拿比較多糖果。

多拿一點，分成三份，一份自己的，一份弟弟的，一份放在小屋裡，他們肚子餓時可以偷偷吃。

然後他睡著了，沒多久就被鼻水給嗆醒。

太晚了，得趕快回去，明天就可以去看醫生了。

他站在緊閉的門口時，聽見了吼嚷聲，他爸媽的、很多陌生人的。他從旁邊的窗縫看見了陌生人雙手緊緊地掐在媽媽的脖子上，媽媽在掙扎，手和腳被其他陌生人按住，然後開始發抖，最後停下來，不會動了。

那群陌生人的另一邊，爸爸橫躺在旁側，脖子上纏著一條圍巾，那條之前媽媽從山下買回來、聽說是遙遠台北帶回來的圍巾。

那些陌生人的面孔扭曲得像鬼，不管是男生還是女生，看起來都非常可怕，眞的是鬼。

他只能轉頭就逃，他要逃去弟弟的祕密基地，因爲他知道弟弟也會在那裡。

那是個房子加蓋之後留下來的狹小空間，爸爸說原本是配置管線用的，但是後來要蓋成浴室，那裡就不會再用到了，不過爸爸又懶得重新砌牆，說以後要搬去大房子，就隨手用了多餘的窗戶先擋起來遮醜。

弟弟玩躲貓貓時很喜歡藏到那裡，因爲大人進不去，跟爸媽鬧脾氣時也會躲到那邊。

他要保護弟弟。

到處都充滿了鬼，他們會吃掉他和弟弟。

從浴室屋頂鑽進去時，他聞到了一股臭氣。沒有多想，他摸黑打亮了懸掛在裡面的小燈泡，燈泡已經快要燒壞了，很暗，幾乎看不太清楚。

他把鼻水抹在衣服上，小心翼翼地推開窗戶，那瞬間他看見了倒過來的黑色頭顱，一條手臂從那裡面伸了出來，血紅色的眼睛在黑暗中瞪著他。

他已經忘記那時候到底有什麼感覺了。

到處都傳來摔門聲的巨響，他抱著自己的身體縮在角落無法動彈，那個黑色的頭顱一直從黑暗中直直地瞪著他。

他幾乎不敢去看。

他抱住頭，聽見了有人在耳朵旁邊細語，隔離了捶門的聲音。

——他們該死。

——記得這些人，記得那些臉，永遠記得所有的鬼。

——我會殺了他們。

「……不、不對，弟弟……要先保護弟弟……」

——殺了他們。

「……必須保護弟弟……」

——我會帶你去殺了所有人。

「……一定是被帶走了，要找到才行……」

——我會保護你。

「我會保護弟弟。」

然後，他們開始行動了。

□

鄭仲輝清醒時，室內還是整片黑。

他已經很久沒有睡得這麼深沉，自從開始聽見低語之後，他幾乎無法熟睡，半夜常常被惡夢驚醒。重新找到弟弟那陣子曾這樣好睡過一段時間，不過低語再出現時，又重複一樣的生活。

不過，這次應該會持續下去吧。

他的心已經平靜了。

「要再睡一下嗎？」

他床邊坐著人，很可能是醫院裡的人吧？睡前他們也會來巡看，聽說要確定他的狀態，等到可以的時候就能交回給警察。

「你的弟弟已經安全了。」坐在那邊的人語氣輕鬆地說著：「一開始我就問過你這個問題了，等你弟弟確定安全之後，你必須要更保護他才行，對吧。」

啊，原來是那個人啊。

他記得，這個人幫過他幾次，雖然不算朋友，但是對他們這類人來說，也不是敵人。

那時候被那兩個人攻擊時，也是這個人來救他們的，幫忙開了車，讓他和弟弟躲進去，載著他們去藏身處，讓他們安全躲過那兩個人。

這個人就是這樣，不是敵人，是可以互惠的那種人。

「他安全了……他還跟我約定好，我會好好配合那些警察，然後好好認罪。」等到所有事情都結束之後，他肯定可以再見到他的弟弟，到那個時候，一定和現在完全不一樣了。雖然對所謂的罪罰重與不重的程度不太曉得，也隱約覺得關進去可能就出不來了，但是已經約好的事情還是可以實現的。

就算出不去，約好了，他弟弟一定也會來看他。

他很期待。

他還有很多話想要告訴他弟弟，還有小時候他們的事情，爸媽的事情，他最喜歡的東西藏在哪裡。還有，那個人說要給他照片，他很想要看看弟弟從小到大的照片。

「但是，你還在啊。」旁邊的人笑了笑，打斷了他的思緒，「那些外人，肯定會再度攻擊你弟弟的吧，他們根本什麼都不明白，只會說你弟弟在包庇你吧，就像之前那些一樣，只要有個話題，他們就會針對著一直攻擊。」

鄭仲輝看著黑暗，「是啊……那些外來者永遠都是這樣，貪心、貪婪。」他看著那些報紙，那些週刊，那些醜惡的攻擊嘴臉。

「所以，像我們這樣的人，還得做些更保護他的事情。」

鄭仲輝有點瞭然地點點頭，「是啊，我弟弟現在過得很好，只剩下最後要做的事了。」

從那個時候開始，他就一直在追蹤弟弟的下落，知道他有父母養育、知道他上了很好的大學，從各所學校往回查，知道他有其他更多的過去人生。與他完全相反，是非常穩定平和的大好人生。

所以，他知道接下來應該怎麼做。
這輩子最重要的事情就是保護他弟弟，讓他弟弟繼續走在自己的光明大道上。
他最後能做到的就是讓他弟弟不會因爲這種家人遭受其他攻擊。
他真的很愛他弟弟，愛他唯一的家人。
他渴望家人可以永遠不用回到那個世界，活在現在的地方，對他最好。
他很期待再度見到弟弟，但是他不能這麼自私，不可以用那些個人的希望再度害他弟弟被那些外人攻擊。
應該結束了。
「你有五分鐘的時間。」
坐在一旁的人站起身，退入黑暗中。
他在黑暗中起來，在冰冷的空氣裡聽見了細語，但是已經不像以前那麼清楚了，幾乎分辨不出來在說什麼，只感覺到著急和懇求。
「放心，我就要過去陪你了。」
接下來，他會睡很久，而且這次不用再擔心被惡夢驚醒。
然後，這一切都會結束。

□

半夢半醒時，總覺得好像有人站在床邊。

然後對方輕輕拍拍他的肩膀，像是安慰般地留下一句低喃，轉身後消失了存在感。

他記得睡前聽到嚴司那傢伙說要去一趟工作什麼的，應該不會這麼快回來。

「你比較喜歡蘋果還是梨子？」

猛然驚醒，正要按下一邊的警鈴時，旁邊的人制止他的動作，黑暗中冰冷的物體直接抵上他的手腕，並帶來一樣無溫的話語：「水果刀是用來削水果的，別讓我起了拿來削別種東西的興趣。」

「你怎麼進來的？」雖然本次案件相關犯人都已抓到，但虞夏在安全上還是有疑慮，依舊留了人手在外面保護，黎子泓覺得自己都可以看見留守的人被修理的畫面了。

「只要有心，其實事情沒有你們想像中那麼難，不是嗎。」收回了刀，坐在黑暗裡的訪客還眞削起了水果，微冷的空氣中傳來了蘋果的氣味，「爲了家人所產生的動力還不小呢，你現在應該有比較深刻的體驗了吧。」

慢慢地坐起身，這次並沒有被阻止，黎子泓也看不清楚旁邊的人，「你的目的究竟是什麼？」這兩天檢察長也有來過，提前告知他案件訊息，包括那根手指在內。

「嗯……某部分來說，其實有點警民合作的意思？前提是我可能不是什麼善良百姓……這蘋果品質眞不錯，要來一片嗎？」

有點無言地接過對方遞來的水果，黎子泓思考了下，「那手指也是你殺的人嗎？」

「喔，算是吧。不過這件事你們得感謝我，那個女的揪夥入室搶劫時被我抓個正著，原本應該會死一家三口成爲你們的社會版，現在這樣你們應該比較好處理吧，屍體我就扔在某處了，等我心情好的時候會再給你發確切位置。」咬著手上的蘋果片，訪客語氣輕鬆地說道：「我也順便幫你們查過了，那個女的很早就逃家，父母離異，母親再嫁之後跟他們切斷關係，父親也是個毒蟲，不會有人關心她，所以不用太擔心有沒有人在等她這方面的問題。」

「你認爲你是正義使者嗎？」

「並不是啊，一開始我就說過了。我也沒有特別要幫那家人的意思，只是那女的正好也是我要找的人、剛好又擋到路，所以就順手清理乾淨。你再不吃就會氧化喔，浪費新鮮水果。」充滿了戲謔的意味，訪客又追加了句：「別人的好意要接受，你一邊吃我才能一邊告訴你些事情。」

實在搞不懂對方又想玩什麼花樣，黎子泓只好慢慢地咬下蘋果片。

「我在找幾個人，在你們追捕我的這段時間呢，或許也會和其中幾個交手……說應該會正面對上也差不多，有些在你們的名單上，你們還不自覺而已。」

「是組織嗎？」頓了頓，黎子泓皺起眉，想起了葉桓恩事件的組織。

「一半是，另一半就不是你們的問題，那是我們私人恩怨。」停了幾秒，訪客繼續說著：「這袋東西我倒是沒用，就送你們吧，是那個小太妹打劫民宅用的。」

感覺到有點重量的物品被放到他腿上，黎子泓摸索了下，是個公文袋，一觸碰到形狀後，他立刻知道裡面是什麼，裡面有把槍，還有一些散物，得等到燈亮了才能查看。

「作爲禮物交換，你也稍微幫忙注意一下吧。我答應了人，要找一個和你們虞因同學差不多年紀的人……男女不知，未來很可能也會混在那些組織裡，你們不管拘捕還是槍擊，可別對一樣年齡的對象下手喔，我要活的人；如果死了，那麼我會做出什麼事情就很難說。」

聽見旁邊的訪客站起身，黎子泓立刻掀開了被單要起身，但是馬上就被按住，「那是什麼人？有什麼特殊意義？」

訪客笑了聲，「你會覺得鄭仲輝很可憐嗎？」

「什麼？」愣了下，黎子泓不解地反問。

「雖然很可憐，不過有那種遭遇的，也不只有他一個；到處都有人在尋找失去的人，不是嗎。」

肩膀上的手和訪客往後退開，進入了完全的黑暗中，黎子泓立即按下警鈴，然後只聽見對方傳來幽幽的話語：「鄭仲輝的本名叫作徐子國，弟弟的名字叫作徐子宏，他會一再錯認不是沒有原因的。你跟我都知道這個人最後會有什麼結局，而你已經阻止不了了，這個人終究得爲他做的事情付出代價，這也是別人委託我幫忙的事。現在我已經結束我該做的，他的墓碑上，爲了致敬，就用他的本名吧。」

燈光大亮時，蘇彰已經消失無蹤了。

衝進來的員警什麼也沒看到。

站在床邊，黎子泓只覺得肩傷很痛，頭也很痛，痛得連員警的慰問都沒聽見，也沒聽見員警發現槍枝後通報支援的聲音。

他顫抖著手，拿起電話撥給虞夏。

他一直都知道鄭仲輝那種人有可能會做出什麼事，就算可能性很小他也不想利用對方的錯誤認定來輔助案件調查，所以必須趕快扭正鄭仲輝的認知。

他們從來都不是交叉線，一切都只是巧合。

電話接通時，他聽見通話彼端傳來的是很喧雜的聲音。

可能也知道他在這種時間打去的目的，虞夏沒有遮掩，直接地告訴他現場狀況了。

「黎檢，你沒事吧？黎檢？」

有時候，人真的不會知道爲什麼黑夜過得如此漫長，而白晝卻又來得如此之快。

——鄭仲輝用床單自縊身亡。

□

東風一大早被狂按電鈴，臭著臉打開門時，看見的是虞因。

案子差不多結束、都抓到人之後，他就沒有必要配合虞夏他們，直接打包回到自己的住處。

這次連那個紫眼睛的也不能攔他。

回來之後都還沒好好休息，這群人又冒出來騷擾他。

「鄭仲輝死了。」大清早看到新聞快報時，虞因只覺得整個腦袋都空了，因爲不想讓車和大爸、二爸擔心，所以他就假裝趕上學地衝出門，也不知道自己應該找誰講這件事，就漫無目的到處晃蕩，不知不覺就騎到這一帶了。

「……」讓開身體讓虞因進門，東風默默地走去廚房清洗了很久沒用的水壺，然後放到瓦斯爐上燒開水。

這陣子這些多事的人採買了不少東西往他家塞，所以他一打開櫃子，裡面就擺著幾罐沖泡品，想了想，他拿下可可來拆封。

「鄭仲輝的弟弟，說是我害死他的。」雖然那時候鄭仲輝還沒死，但是虞因現在知道了，他弟就算扭曲成那種東西，的確還是在保護鄭仲輝，如果不是因為自己趕走他，說不定鄭仲輝現在還活得好好的。

他如果不要加強鄭仲輝的誤會，那個人現在應該不會自殺吧。

剛剛踏出家門時，虞因看見了黑色的物體，就站在他的正前方，虛弱瘦小的黑暗朝著他咆哮、朝著他尖叫，紅色的眼淚從紅色的眼睛流下來。

那一瞬間開始，那個黑色的物體已經變化成另外一種東西，真真正正地成為了再也不會恢復的扭曲黑暗。

就算鄭仲輝站在那裡，也看不出那是什麼。

他根本、不知道那是什麼。

「都是我害的。」用力地抹抹眼睛，虞因非常後悔。如果知道會變成這樣，當初他寧願什麼都不要講，也不要驅離。

「那和你沒關係。」把冒著熱煙的杯子放在桌上，東風淡淡地開口：「實際上做這種導向操作的是我，你不用想太多，爲了探查方便，一開始就是我把他的認知指往這個部分，我自己也評估過風險，知道他可能會因此提高自殺的機率，卻還是給了他那個本子，你只是中間誤入而已，並沒有造成太多影響。」

「可是我……」

「警察找到的屍體會比他們預估的多很多。」拿著自己的那一杯，東風面無表情地慢慢啜飲著，「那則故事從一開始就是很多故事拼湊起來的，最初我就發現死者很可能不只五個人，在這過程中完全確定了這件事，他殺的恐怕不下十人，故事裡的睫毛膏、貼滿飾品的涼鞋都是比較近年的物品形容，被害者也不可能把當初的加害者加以美化——除了楊采倩，所以最大的可能就是故事裡的人，和實際上的加害者們並不是同一批，甚至是好幾批，也可能有雙人成團被殺害，這十幾年來他應該用盡各種方式接近了不少差不多年紀的人吧。」

虞因愣住了，呆呆地看著好像在陳述虛無故事的友人。

「他在故事裡形容的『不是我、是那個人』，表示這已經不是第一起了，他才會確定是『那個人』，他在故事裡表現出的愧疚以及求救不可能是給最初的加害者們，這表示他知道那是不同批人……鄭仲輝在這些年來，一直深陷在混亂記憶裡，不斷地……殺害類似的人來填平己身那份扭曲，但是其實他心底也知道有些是無辜的，所以才在故事裡變相求助。他在多年後告訴餐廳的人，大抵也是希望對方可以發現這件事情或是做點什麼，可惜並沒有。」別開臉，東風慢慢走到一旁的窗台，繼續冰冷地說著：「基於以上這些，我判斷必須要用最有效的手法來盡快解決相關事件，最有效的方式就是誤導他對我學長的認知和加深感情，這樣一來他就會開始妥協和停手，而且他的確必須要爲那些死去的人負責，對於這種結局，雖然有點遺憾，但是我並不覺得用這種手段有什麼必須內疚的。」

虞因看著對方的背影，只覺得全身很冰冷，「……你是認眞在跟我說這些話嗎？」那是個人，而他們變相害死人。

「你覺得我像在開玩笑嗎？」冷笑了聲，東風轉過頭，看著大受打擊的人，「說白了，今天他選擇要這樣結束也是他自己的問題，想死的人不管你做還是不做都攔不住，他可能早決定在所有事情都了結之後解決自己，因爲他沒有其他生存目標，他這輩子要做的事情只有消滅那些外來者，確定他弟的安全。你要怪自己也好，要內疚也好，不過導向這種發展和結局的人是我，你就少多管閒事、少認爲你是最不幸、什麼錯都歸你，莫名其妙的爛好人！就我來看，他這樣自殺還不夠償還那些無辜者和家屬，便宜他太多了！他不用去看和承受家屬們的悲痛和眼淚眞是太便宜他了！殺人者應該要有更多的報應才行！」

「你！」跳起來抓住東風的衣領，虞因也不知道想說什麼，憤怒和悲傷、挫折全部都湧上來，然後下一秒他突然冷靜下來，眼淚還是掉個不停，不過他已經知道自己不用再說什麼，所以鬆開手，往後退開，「……謝謝。」

雖然這樣很卑鄙，但是有人幫他承擔這些罪惡感，的確就沒有那麼痛。

「……給我滾出去，不要再來煩我。」放下杯子，東風轉過頭，看向窗外，「你要倚靠和保護的是你弟和你家人，來這邊取暖沒有用，他們比我更知道你的狀況。」

「謝謝。」

等虞因離開之後，東風才轉回看著空曠的室內。

按著旁邊的架子，他有點踉蹌地走著，想要去鎖上大門，把自己和世界隔絕開來。

……因爲……會……帶來死亡……所以不是很適合嗎？

女性的聲音在他腦袋中響起，伴隨著輕輕的笑聲。

不是很適合嗎？

他不自覺地加快了呼吸，感覺好像無法吸入空氣，胸口開始疼痛，眼前一陣暈眩。

摔倒時撞在架子上，感覺到有不少物品掉下來砸在自己身上或是落在地上，發出了巨大的聲響。

「不……不對……」痛苦地喘息著，他腦中閃過種種事情。

不對，一定還有別人推了一把，不只有他們。

他們明明，給過了足以讓他求生的關鍵承諾。

一定有別人做了什麼！

手腳開始發麻與意識渙散時，有人闖進他的房子。

「艾艾，快點去找個紙袋！」

有人拍了拍他的臉，然後將袋子按到他臉上，喊著：「喂喂！振作點，我是你鄰居……

艾艾，回家拿車鑰匙，我們去醫院！」

他還是覺得無法呼吸，那對夫妻在喊什麼，他也聽不清楚。

只想離開這個讓人無法透氣的地方。

好想回去……

□

巴庫的問題，最終在挖出樹下的物品之後確定完全解決。

和餐廳業者打完招呼後，虞夏掛掉了手機，整理好手上另一個案件的報告準備往上呈。

其實不只東風，當時在看到故事時，他們就覺得不對勁，對照故事和鄭仲輝的說法就直覺應該還有其他受害者。接著循著當年黎子泓遇到鄭仲輝的位置和山路向上擴展尋找，最後終於找到了一間非常破敗的屋子，規格如同故事中的描述。

帶隊的員警和支援的鑑識、當地的員警們在屋子裡起出了很多屍骨，數量遠遠超過他們預計，分別被藏在加釘的天花板上、埋在後院或不同房間的各處，同時也起出山溝裡已經破碎不成原樣的少許骸骨，接著也從浴廁的牆壁間取出了小孩的屍骸，部分骨頭已經遺失，可以判斷是頭下腳上被管線纏繞，不排除是拉扯時致死。

因爲工具和人手不足，屍體還在起出清點與辨識中。

「你還好吧？」打開了辦公室的門，虞佟幫自己兄弟帶來杯飲料，「進度如何？」

「……還要花點時間吧。」接過杯子，虞夏揉揉額頭，「我請他們特別再擴大搜索，可能還會有摔死的其他受害者……希望不要有比較好。」但是這希望可能很渺茫，按照這件案子的發展來看，他們八成還會找到個穿著閃亮涼鞋的摔死女屍，就是不知道摔在哪裡了。

「阿因可以渡過這次難關吧。」嘆了口氣，其實看出了自家小孩對於這次發生的事情感到很大打擊，虞佟打算這兩天跟他好好談談。不過這幾天聿也黏死在他旁邊，看來應該是不會有太大的問題，聿那個孩子其實心思很細，會照顧虞因的。

「黎檢大概也沒那麼好過，不過這種事情他自我調適應該沒問題。」雖然這樣說，不過虞夏知道這些話也只有講著的時候才會輕鬆，當事者肯定永遠都不會忘記。有些傷就算會復元，但是疤還是在那裡，那邊就只能看嚴司和楊德丞他們了。

與其擔心這兩個，虞夏反而比較介意自己一個人躲起來的東風，和其他人不一樣，他身邊沒有人跟著，雖然表面看起來完全沒事，不過實際上並非如此。

虞夏其實多少有些自責讓那個小孩放手去做，當時他也做過評估，雖然有自殺的可能性，但是還在可掌握的範圍，照理來說，鄭仲輝就算要自殺，應該也會等到取得他們完全保證照顧黎檢、確認不會再發生任何事情才會有動作；所以他也一直留意著這部分，特別請治療醫師針對這些加強注意。

黎子泓一定也注意到了，才會承諾要鄭仲輝之後再找他，重新拉起聯繫，降低他之後會產生偏激想法的可能性。

他總覺得鄭仲輝是被人推了一把，但是說不清楚是什麼時候發生的，才會讓人這麼措手不及。

「我聽黎檢說，東風好像回家了，他父母來接他回去，似乎是黎檢給他們打了電話說了狀況，所以他們專程過來一趟硬是將人帶走，現在應該已經在家裡了。」看出雙生兄弟的鬱悶，虞佟拍拍對方的肩，「如果他在這邊，我們也不會讓他自己面對的。還有，事情已經發生，再怎樣都已經挽不回，這對大家來說都一樣。我們也不是第一次經手自殺的犯人，最後做決定的都是他們自己，不是別人，真正想死的人，不論設下多少攔阻都是沒有用的。」

「嗯。」

「你的行李整理好了嗎？」

「好了，等等就出發。」手上進度整理好之後，虞夏直接轉給兄弟，他要和阿柳走一趟東部，把這件事徹底收尾完畢。後續還要找到多出來那堆死者的身分和家人，有些時間已經很久了，判斷上有困難度，只能盡快清查，「這邊先交給你了。」

「說到這件事嘛……」虞佟似笑非笑地聳聳肩。

還沒搞清楚虞佟那個有點幸災樂禍的表情表示什麼，虞夏就聽到辦公室的門被人撞開，接著是揹著很大一個背包的小伍奔進來，「老大！我也要去！走走出發！」

冷眼看著他家的菜鳥，虞夏一直瞪一直瞪，瞪到對方吞了吞口水往後退出去，關上門，然後敲門重來。

「我、我也要去。」小心翼翼地再度走進來，小伍咳了兩聲。

「你不是晚上跟你女朋友約要吃飯嗎。」虞夏冷笑著提起行李。

「我女朋友說一日身在公門，就要有頭有尾，飯可以改天吃，冤不可以改天申！然後老大我可以繞路去買土產嗎，有清單……」

「……你女朋友是要你去採購吧。」

聽著他們兩個遠去，虞佟有點好笑地搖搖頭。

自從之前廖義馬兩人的事件過後，虞夏的小隊伍固定人手一直不太足夠，大部分都是臨時借人來支援各種工作，像他也是那些事情後才開始經常性地協助虞夏的隊伍辦事，雖然上頭有意乾脆把他們調在一組，但是被虞夏給回絕了。

他很明白自己兄弟的性格，虞夏絕對不可能再讓他回前線衝刺的工作。

新一批新人報到時難得有個認眞的小伍被認可調進來，行動力也不弱，個性和品行也不錯，虞佟很希望這樣的狀況可以持續下去。

「虞警官，有空了嗎？」

抱著文件站在門口，葉桓恩敲了敲門板，「要繼續我們中斷的那些事情嗎？」

「好的。」

「嗚啊，終於可以出獄了。」

用力地伸伸懶腰，嚴司看著頭上特大的太陽，然後把行李袋往後車廂一塞。

「早就可以出院了，不知道是誰操心硬要學長他們多給住幾天的。」一大早沒事過來載人的楊德丞，看了眼旁邊的友人，「無妄之災啊，小黎。」

應了聲，黎子泓坐上了車。

「去我店裡吃飯，這時候應該要先吃個豬腳麵線……我怎麼總覺得最近好像越來越常煮了，該不會過陣子就要新增菜單了吧。」越想楊德丞就越覺得未來正在朝扭曲方向發展，還是找個時間去研究和哪邊合作比較容易入手上好豬腳吧。

「你可以加賣豬腳麵線啊，應該也不錯，附帶一提，我個人比較喜歡米血加麵線，湯底是重點，還有米血和麵線一定要挑好的才不會有損你的餐廳威名。」按上車蓋，嚴司興致勃勃地提供自己的意見。

「還給我點起菜，你們可以不要那麼常吃到啊！」現在比較想用豬腳打人腦的楊德丞啐了回去。

「喂喂，平常時候也可以吃好不好，我偶爾也會突然想要吃麵線啊，你這樣是歧視豬腳麵線，快點跟全國的麵線道歉。」

「並沒有人歧視麵線，與其要歧視麵線，我不如歧視你個人還比較有意義，至少在揍死你的時候還會有很多人幫我拍手叫好和遞刀。」他很肯定哪天要往這渾蛋臉上打的時候，最起碼會有一打人樂意幫他壓手壓腳讓他打到痛快。

「哼哼，你以爲我就沒有幫手嗎，我家前室友一定會制止你們這些惡行，對吧……」轉頭正想確保戰力，嚴司發現後座的黎子泓正在看自己的手機，「欸，傷假中，沒有工作。」

「檢察長傳資料給我。」揮開要搶手機的手，黎子泓專注閱讀上面的文字。

「你跟你們老大說，這樣殘害手下會連踩三天狗屎的。」

「你們兩個再不給我繫上安全帶，我就一腳一個全都踹下車。」看他們兩個竟然眞的要搶起手機，都已經發動車輛的楊德丞沒好氣地出聲警告。

總算順利地把車輛開離醫院後，楊德丞鬆了口氣，轉往自己店面的方向。

「啊，那個好像是玖深小弟。」閒著沒事，嚴司突然發現路邊呼嘯經過的好像是某個認識的人。

「好像是耶。」楊德丞也從後照鏡看見了。

「他從哪裡出來啊……啊，蛋糕店，栗子蛋糕，他還眞有心，我跟他說被我吃掉了，竟然又跑來買。」那個傢伙今天八成放假，而且也知道後面的前室友今天出院，嚴司哼哼哼地拿出手機給對方發簡訊，準備好好嚇一嚇。跟他講自己會通靈不知道他會不會信……呆呆的，會被騙的機率應該高達九成。

黎子泓很無言地看著前座在竊笑的友人。

所以他眞的覺得，不該縱容這渾蛋的。

□

打開大門時，虞因聞到了濃郁香甜的氣味。

「好香喔，小聿你在做什麼……妳這女人怎麼在我家啊！」正想去看有什麼好吃的，一踢掉鞋子，虞因就看到李臨玥從他家客廳晃出來，手上還端著盤子，上面裝著一大塊蛋糕。

「有好東西就要來吃呀，好久沒吃這種古早味的蛋糕了，我媽以前也常常做說，好懷念喔。」剝了一大塊還有點熱呼呼的蛋糕體往虞因嘴巴塞，李臨玥笑嘻嘻地說著：「果然還是這種簡單的好吃，蛋、糖和麵粉就很美味了。」

咬著不會太甜膩的蛋糕，虞因狐疑地越過友人的肩膀，看見聿從廚房探頭出來，手上還端著正在製作的餡料。

「你打工也打太晚，我們都快吃飽了說。」勾著對方的手臂，李臨玥把人往客廳拉。

一進去，虞因就發現不只李臨玥跑來他家，阿方和一太竟然也坐在他家客廳吃點心，而且看樣子好像已經來了有一會兒了，桌上有個被吃空的鍋子，邊緣就是這種蛋糕的殘渣。

「你們怎麼會跑來啊？」有點狐疑地看著李臨玥，虞因把背包放到一邊，然後坐下來。

「事情是這樣的……那個拼圖活動，似乎還不太夠呢，所以主辦人拜託一太一定要幫忙最後這一個。」笑嘻嘻地從桌子底下拿出一個大盒子，李臨玥把盒子往桌上一放，「一太很夠朋友地找來了這種比較罕見的，問題是欠缺人手拼掉它。」

「……那個拼圖活動不是聽說後天開幕嗎？」虞因決定要去掐死那個主辦人，然後把他倒插到土裡去反省自己的所作所爲。

「是啊，所以你懂我們爲啥會在這裡了嗎。」拍拍虞因的肩膀，李臨玥攤開手，「男士們，爲了活動，請發揮愛心地燃燒加油吧。」

看著白色的大盒子和上面的解說圖，虞因現在不曉得應該要掐死一太還是主辦人了，

「完全空白的立體建築拼圖？」都已經沒時間了還找這種超高難度的來逼死人？而且還挑那個拼圖神手不在的時候才冒出來？

「雖然很想說你也可以等拼完考慮裝飾或上色，但是我覺得我們可能只能及時拼完吧。」放下盤子，一太微笑了下：「你也可以不用幫忙，畢竟是我答應的工作。」

「你們自己拼會拼到死吧……算了，明大是週六，就熬夜跟你們拼了！」虞因瞇起眼睛，決定等等打個電話，把阿關那個死人頭也叫出來，那傢伙平常遊蕩和造孽多了，要貢獻一下己力消除業障的時候也到了。

「謝謝。」整理著桌上空盤，一太笑了下，「你總是會幫忙呢。」

「啊？沒啥吧，可以做到就做啊。」接過聿端來的盤子，有點餓的虞因大口咬著食物，準備等等槓上整夜。

「躲開的人比較多。」阿方接過盒子，打開，看到一整片白花花的，然後他就反射性地皺起眉，也搞不懂一太是真的無心找來還是要整他們，「不過你還是維持這樣吧。」

「啊？」

「總之，加油吧，就算有缺塊我們也會再撿回來喔。」李臨玥拿著空鍋空盤，愉快地晃進廚房。

站在那邊的聿看著她。

勾起美麗的微笑，李臨玥放下了空盤，「放心吧，不論如何或是距離多遠，我們始終會過來的，不會丟著那個笨蛋自己一個。」她是，那個說等他這局打完就來的白痴阿關也是，被幫忙過的其他人也是。

就算碎開，他們也會來幫忙拼起來。

因爲有人這樣幫過他們。

「謝謝。」聿點點頭。

「說起來，我只跟一太說找個拼圖來轉移注意力就好了，爲什麼他會找那種的來啊。」剛剛看到那盒拼圖她也有點傻眼，這到底要玩多久啊？

微微地勾起唇角，聿把手上的蛋糕端給女性。

最後，一切都會沒問題的。

——記得好的，比較不痛。

《拼圖》完

【案簿錄小劇場】

護玄　繪

消失的記憶

拼　圖

後來，大家總算在期限到達前，成功拚完達陣。
超疲勞
雖然順利做完了，不過那個真的沒問題嗎？
一太哪裡找的？
別問我
好像某種尖叫城喔
尖叫城大成功喔喔喔！
超多人來看的
咦！真的嗎！
↑主辦人

奇怪的東西大家都喜歡

腦部差距

說起來東風會怎麼拼空白拼圖？
……
看線條啊。
線條全記起來後超容易拼
……
就是看線條啊！
怎麼？一般不是都這樣嗎！
就連樣的所有線條啊！
我想不是……
有點搞不懂看什麼線條→

一般人看形狀

【護玄作品集】

因與聿案簿錄（全八冊）

山貓　水漬　彩券　祕密
失去　不明　雙生　終結

奇幻靈異、驚悚推理、歡樂搞笑
無聲的紫眼少年與身懷陰陽眼的衝動派，
因與聿的不可思議事件簿。

案簿錄 陸續出版

殺意　惡鄰　掙扎　拼圖

層層堆疊的案簿錄，逐漸拼湊出「它」的全貌……
繼【因與聿】後，護玄再次推出期待度NO.1的【案簿錄】。
原班人馬加上陸續出場的新角色，更添有趣互動；
新的故事主軸，將故事擴展至其他人氣角色。
奇幻靈異、驚悚推理，最熟悉也最新鮮的案簿錄！

異動之刻（全十冊）

輕鬆詼諧．全新奇幻
喪禮追思會上，一個個散發異樣感覺的人物接連出現。
喪禮之後，地下室竟無端冒出了吸血鬼公爵。
不會吧！住了十幾年的家原來是個大鬼屋……
17歲高中生開始了他的奇妙人生！

特殊傳說 新版 陸續出版

既爆笑又刺激的冒險，既青春又嗨翻天的故事設定!!
《特殊傳說》是一部揉合眾多奇幻梗更加上獨特構想的故事。作者筆下的迷人角色、明快的鋪陳、詼諧又緊湊的劇情，帶來閱讀的全新體驗。陸續展開的不可思議校園生活加上各個角色尋找自我與逐漸成長的過程，讓人翻開故事，便一頭栽入這屬於我們的特殊傳說！

兔俠 陸續出版

各種神奇之物降臨的年代，有一群身懷異能的人們，
秉持不同的正義，邁向各自的英雄之道……
20歲娃娃臉熱血青年與伙伴們的「變調」英雄之路，於焉展開！

國家圖書館出版品預行編目資料

拼圖／護玄 著.——初版.
——台北市：蓋亞文化，2013.08
面； 公分.（案簿錄：4）
ISBN 978-986-319-056-1（平裝）

857.7 102010972

悅讀館 RE312

案簿錄 肆

拼圖

作者／護玄
插畫／AKRU 封面設計／克里斯
出版社／蓋亞文化有限公司
地址◎ 台北市103承德路二段75巷35號1樓
電話◎（02）25585438 傳眞◎（02）25585439
部落格◎ gaeabooks.pixnet.net/blog
臉書◎ www.facebook.com/Gaeabooks
電子信箱◎ gaea@gaeabooks.com.tw
投稿信箱◎ editor@gaeabooks.com.tw
郵撥帳號◎ 19769541 戶名：蓋亞文化有限公司
法律顧問／宇達經貿法律事務所
總經銷／聯合發行股份有限公司
地址◎ 新北市新店區寶橋路二三五巷六弄六號二樓
電話◎（02）29178022 傳眞◎（02）29156275
港澳地區／一代匯集
地址◎ 九龍旺角塘尾道64號龍駒企業大廈10樓B&D室
電話◎（852）2783-8102 傳眞◎（852）2396-0050
初版五刷／2022年11月
定價／新台幣 240 元
Printed in Taiwan

GAEA ISBN／978-986-319-056-1

GAEA

GAEA